좋은
말

전영관 산문집

청색종이

INTRO

#0

나는 상투적으로 살기로 했다. 다들 비슷하게 산다. 상투에서 벗어나려다간, 상투를 염두에 두고 살다가는 궤도를 이탈하고 주변에 상처를 주기도 한다. 그냥 그대로 살자는 말이 아니다. 체념에 대한 변호 또한 아니다. 산다는 말을 쓰는 일이라고 해보자. 상투적으로 기록하기보다는 묘사에 중점을 두었다. 생의 과정과 전개보다는 정황과 관계에 집중했다. 이성복 시인의 말처럼 나뭇잎 하나 푸르게 하지도 못하는 통증에 엄살 부리지 않았다. 자만이 아니라 자신을 타자화하고 객관화 했다. 회피가 아니라 가족의 일이더라도 한 발짝 떨어져 바라보았다.

#1

가족의 일원으로, 아버지로 사는 일은 말을 줄이는 연습이었다. 입대하는 아들에게 30년 전의 경험에 비춘 잔소리를 참았던 것과 같다. 식탁에서 만났을 때 섣부른 시사상식을 늘어놓지 말고 경험이 진리라는 착각을 강요하지 말아야 했다. 자식들 앞에서 아버지의 부계를 거슬러 오르는 일도 줄여야 하는 일이었다. 침잠을 통해 얻어지는 잠언들만을 간직했다면 부작용을 줄였을 것이다. 아버지로 산다는 일은 상투를 벗어나기 힘들다. 앞서 말했듯 묘사에 집중했다. 표현에 무게중심을 뒀다는 뜻이기도 하다.

#2

직장인으로 산다는 것은 짬을 낼 수 있겠다는 짐작이다. 틈만 나면 아내와 함께 돌아다녔다. 아내도 가정이라는 곳의 직장인이기 때문이다. 2박 3일로 보리암, 부소암, 향일암, 도솔암, 미황사 등등 돌았던 일이 가장 깊게 남는다. 생애 최고의 선물이었지만 대량해고를 짐작하고 떠난 길이었으니 불안감도 동행했다. 해고 이후의 심란한 마음은 고급스러운 척하는 방황으로 묘사되었고 교정지를 읽어보니 새삼 부끄럽다. 한 가지 분야에 집중해야 하는 엔지니어는 그 분야를 잃었을 때 크게 흔들린다. 흔들릴 때마다 나는 무엇을 잃었나 생각해 보니 흔들림이 일상이었고 익숙해지기만 했다. 흔들리지 않는 장년이 어디 있으랴만 쉽게 동조할 일 아니다.

#3

기혼자의 사랑은 비겁하고 관념적이다. 문장 안에서만 치열하고 몽환적이다. 폐사지를 돌아보는 관광객의 행태대로 제 나름의 옛 건축물을 세워 보고 증축해 보기도 하는 일이다. 사랑이라는 구름에 대한 착시를, 문체를 바꿔가며 실었다. 그러니 당신은 사랑하느냐고, 사랑할 수 있겠냐고 반문한다면 아내를 사랑한다고 대답하겠다.

#4

세상은 고장난 회전목마 같다. 맹렬하게 돌아가다가 역회전하기도 한다. 거대해서 어디가 어디인지 보이지 않아 영화감독의 눈을 빌렸다. 비평이라기보다는 감상문의 형식으로 세상의 단면을 묘사했다. 대한민국은 제정신으로는 버틸 재간이 없는 땅이다. 잊었던 울분과 상기해야 할 분노까지 포함되었다. 낭만과 몰입이 가득해야 할 산문집에도 시의에 대한 한탄이 빠지지 않았으니 정신 바짝 차리고 세상을 응시해야겠다.

#0

사랑에 대한 변주곡을 주제로 두 권의 산문집을 냈다. 세월호 관련한 『슬퍼할 권리』까지 도합 세 권이니 부지런하다기보다 끊임없이 나를 자극하는 세상 탓이다만 극도로 예민한 기질을 타고난 거다. 힘겹지만 엄살 부리지 않겠다. 이 책이 인생이라는 거리를 걸어가는 동안 스치는 커피향이면 좋겠다. 책을 펼치듯 들어오시라고 반가이 인사하련다. 꽃이 저 혼자 피듯 슬픔은 그대의 몫이라고 어색한 미소를 지으련다.

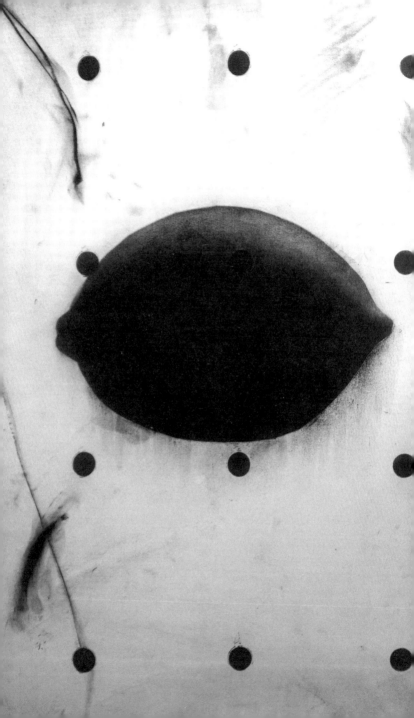

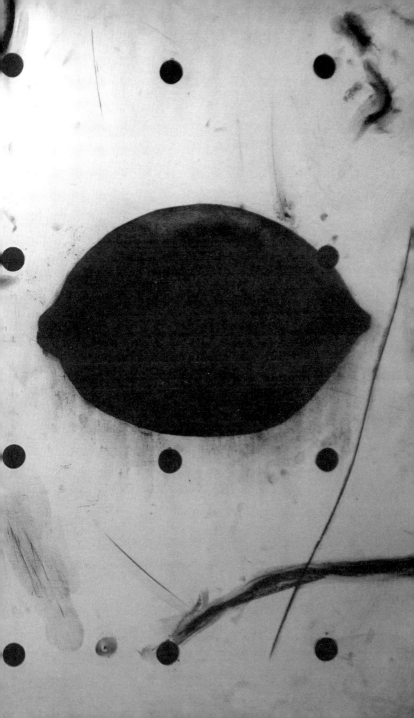

목차

전영관 산문집

좋은 말

INTRO　　　3

1부

2부

3부

4부

1부

어느 편에 서야

홍어는 삼단계로 다듬는 이의 가슴을 두드린다. 신산(辛酸)한 세월과 마찰이 일 때마다 생긴 굳은살인가 껍질이 질기다. 겉으로 드러내지 않으려 안으로만 삼킨 참혹인가 속살이 물컹하다. 그래도 살아내야 한다는 증명인지 자잘한 뼈까지도 드세다. 도마에 가지런히 썰어내며 유난히 홍어를 좋아하셨던 아버지를 생각했다. 맞은편에 앉으신 어머니는 껍질 벗겨내는 아들의 완력에 느이 아부지가, 느이 아부지가 하시며 평생 당신 편이셨던 아버지를 앞세우신다. 아무렴, 내가 아버지 반이라도 따라가겠나. 생물 홍어 한 마리 다듬는 동안 어머니는 젊은 시절 아버지를 그린다. 껍질과 속살과 뼈를 다듬으며 아들은 가난한 집 장남이었던 아버지의 약전(略傳)을 맨손으로 만져본다.

큰 매형이 좋아하시니 잘게 썰어 한 접시 따로 놓았다. 어머니가 준비하신 미나리와 미리 절여놓은 무로 홍어무침을 했다. 팔순 노인은 입맛이 둔해지는 만큼 자신감도 떨어지는 모양이다. 아들이 무치겠다는데 선뜻 그러라고 물러나신다. 고춧가루를 아무리 넣어도 매콤하지 않다. 노인네, 매운맛을 견디지 못하니 이런 것만 쓰시는 거고 며느리와 신경전을 벌이시는 거다. 빨갛기만 하고 매콤하지는 않으니 단맛도 많이 낼 수 없다. 망설이며 설탕을 조금 넣었는데 이번엔 무침에 윤기가 나질 않는다. 올리고당으로 슬슬 비벼주니 비로소 반지르르 보기에도 좋다. 아니, 올리고당 때문이 아닐 것이다. 굵은 미나리 줄거리 숨죽으라고 썩썩 문지르는 아들에게 짧았지만 당신의 단맛 나던 시절을 들려주신 어머니 덕분이다.

원주 누나네 빼고 사남매가 모여 이른 제사 지내고 철없던 시절 이야기로 깔깔거리다가 갔다. 제기에 남은 물기를 닦으며 닫힌 어머니 방문을 본다. 자식들 다들 가고 조용한데 아버지는 아직 산으로 돌아가지 않으신 거 아닐까. 벌써 이십 년이 더 지난 세월이니 담담 비탈을 올라가셨을까. 어머니 생각하면 새벽에 가시라 해야 좋겠고 잔정 많으신 아버지 애달픔을 덜어드리려면 어머니 잠드시는 대로 어서 가시라고 해야 옳을 것 같아 머뭇거린다. 영혼이 있기는 있는가 몰라도 아버지 산소에 가서 이러저러 살펴달라는 말씀도 드린 적 없다. 이미 다 내려다보고 계실지 모르지만 평생 자식들에 매여 산 당신의 영면에 또 다른 걱정을 얹어드리기 송구스러운 까닭이다. 날은 바람

불어 사납고 비까지 뿌리는 밤이다. 그 먼 길을 언제 가시나. 제기에 남은 물기도 많지 않았는데 행주는 흠뻑 젖었다. 주방으로 거실로 분주한 아내의 종종걸음이 미안하고 아프다.

한지처럼

어미라는 존재는 한지(韓紙)를 떠올리게 한다. 티끌 하나 허락하지 않을 백색 표정으로 땡볕을 걸러 방으로 들여놓는다. 바람은 막아 세워도 새소리는 흩트리지 않고 받아들인다. 눈도 못 뜨고 고물거리는 것들 들추며 지린내를 맡아보는 암캐의 습성처럼 사람인 어미도 어린 것 시큼한 젖내의 섬유질을 얇게 떠낸 한지인 것이다. 눈물로, 탄식으로 자신을 적셔 어린 것들과 밀착한다. 젖으면 투명해져도 쉽사리 찢어지지 않는다. 어미라서 찢어질 수 없는 것이다.

사내란 굴욕과 절망이 날을 세우는 거리를 맨발로 걸어야 하는 존재들이다. 먹을 것을 구하고 비 가릴 곳을 마련해야 하는 아비의 내부는 숯이다. 때론 칼이어서 상대를 찌르지 못하고 자신을 난도질하는 밤이 있다. 종종 박달나무 몽둥이어서 가슴에 피멍을 남기지만 고개 숙여 제집 처마를 지나는 순간 솜방망이가 된다. 겹겹 퇴적된 것들이 겉으로 스미어 나오면서 종내에는 검은 솜방망이가 된다. 얕은 통증이 아니라 뻐근하게 파고들어 깊은 무늬를 남긴다.

자식이어서 내 것 같아도, 자식이어서 내 것 아닌 까닭에, 수시로 떠내는 탁본인 것이다. 어미가 자신을 적셔 밀착하고 아비는 쿵쿵 두드리며 윤곽을 짚는다. 어린 것들은 제멋에 뛰어다니느라 어미고 아비고 보이지 않을 테고 그런 모습을 여겨보고 쓰다듬고 끌어안아 본을 떠내는 마음이 부모의 몫인 것이다. 도장처럼 좌우가 뒤집히지도 않고 그림처럼 간극이 생기지도 않으면서 사진처럼 온기가 부족하지도 않은 탁본인 것이다. 한껏 밀착해서 요철도 생채기도 본디 크기로 떠내는 거다. 저만치 뛰어갔다가 돌아오고 더 멀리까지 가면 더 늦게 돌아오고 언젠가는 오래도록 돌아오지 않는 얼굴을, 부모는 탁본으로 남겨 물끄러미 바라만 보는 것이다. 제 새끼를 먹으로 남기고 간직하고 영영 떠나는 것이다. 성장해 제 새끼에게 그리하는 것을 바라보다가 탁본은 한 장도 줄어들지 않은 채 허물어지는 수장고(收藏庫)인 셈이다. 부모라는 존재는.

막내와의 하루

봄눈은 안타까워서 반갑고 때가 늦어 서늘하다. 캄캄한 새벽을 헤집는 아비의 마음을 아는지 모르는지 길은 헤드라이트에 반사되며 빙판임을 알린다. 달려봐야 국방부 일정대로 진행되는 행사이니 서두르지 말라는 뜻일까. 트렁크에 삼겹살, 생선회, 등심과 각종 과자류를 실었다. 아내의 수고로움이 만든 것들이다. 내 경험으로도 달달한 것이 제일 아쉬운 곳이라 초콜릿도 한 봉지 담았다. 감성마을 인근 고개를 지나며 배수로에 빠진 승용차를 보았다. 견인줄도 있겠다 꺼내줄까 했지만 워낙 깊어 그 부모의 안타까움을 해결하진 못했다. 그 방향으로 달려가는 견인차가 그나마 마음을 덜어준다. 길은 미끄럽고 마음은 널을 뛰고 나무들은 말이 없고 산은 매주 있는 일이라며 눈길도 주지 않는다.

겨우 4주 지났는데 녀석, 제법 군인 티가 난다. 신형전투복이 잘 어울리고 베레모도 멋으로 쓰고 다니라 할 만큼 괜찮다. 사람 문제에 있어서 부모만큼 어리석은 존재가 어디 있겠나. 가장 잘 알면서도 현명치 못한 판단을 내리는 게 부모 아니던가. 평발이라 행군이 걱정이었고 체력이 달리니 각개전투가 근심스러웠고 워낙에 고지식해서 괜한 구설을 일으킬까 노심초사했었다. 조교에게 인사하는 표정을 보니 관계가 원만한 거 같았고 동기들하고 웃고 떠드는 모습에서 내가 기우에 젖어 있었음을 느꼈다. 그래, 내 아들이라고 못해낼 일 아니었다. 남들다 견디는 곳이라는 생각이 제일 큰 위안이기는 했었다.

고기도 굽고 매운탕까지 끓였으니 상차림이 짐벙지다. 미리 예약한 개울가 펜션의 비닐하우스에 부모의 손길 같은 연기들이 일렁거린다. 그 냄새에 잉걸이 힘을 더하고 그간의 그리움과 안타까움이 환풍기를 타고 빠져나간다. 혹시나 싶어 소화제까지 가져갔지만 녀석, 잘 먹는다. 한숨 자라 해도 시간 아깝다고 식구들과 깨어있겠단다. 창밖 물소리가 봄이 멀지 않았음을 알리고 뒤편 비탈의 눈밭은 어림없다고 힘을 준다. 그 중간에 서서 나는 봄을 당겨본다. 내 아들 추위에 고생하지 말라고 있는 힘껏 봄을 당겨보는 것이다. 화천의 추위에 고생 많았을 텐데 귀도 얼지 않았고 뺨도 동상의 흔적 없이 매끈하다. 바라보는 아내 눈도 그렁그렁하다.

짧은 면회를 마치고 다시 부대 안이다. 부모들 모두 같은 심정이려니 쉽사리 발길을 돌리지 못한다. 저만치 강당 바닥에 앉아있는 고만고만한 밤송이들 사이에서 아들을 찾는다. 싸늘함에 움츠리곤 했을 뒷목을 부모의 체온으로라도 덮어주고 싶은 것이다. 한참을 바라보다 돌아섰다. 녀석, 남은 시간이 아득해서 잠을 설칠지 모른다. 어차피 해낼 일이니 초콜릿 하나 먹으면서 내일 훈련을 생각할지도 모른다. 산골이라 바람이 차고 국방부에서 준비한 바람이라 매정하게도 차다. 감색 하늘엔 군에 간 아들들만큼이나 많은 별이 총총하다. 애틋한 아비에게만 별이 더 많이 보이는 건 아닌지 저만치 앞서가는 장남에게라도 물어보고 싶었다.

감정의 기술

이별하는 일에 익숙해지지 않는다. 사람 간의 일이야 사랑이나 이해관계나 우호적 감정이 바탕일 테고 내 탓이거나 상대의 변심일 경우가 대부분이니 결국 변질이란 제목을 붙일 수 있겠다. 사물과 이별하는 일은 어떤가. 난 하찮은 샤프펜슬도 십 년 넘게 쓰는 성격이다. 딱히 아껴서라기보다 단지 내 곁에 두던 물건에 대한 애착이 강한 탓이라고 생각한다.

중학교를 졸업하던 시절부터 숱하게 이사를 다녔다. 전셋집을 전전하던 그 오랜 유랑은 대학 졸업반이 되면서 끝났다. 어머니가 아끼던 화장대는 이층에서 내려오다 박살 났고 청양에서 가지고 올라왔다던 장독들도 길바닥과 화물차 적재함에서 인연을 다했다. 제대하고 집에 와보니 몇몇 시집 더미는 물론 전공서적 전부가 없어진 일도 있었다.

식목일에 리어카를 끌고 들어간 집에서 국군의 날 다시 나온 적도 있다. 아침이면 통째로 얼어버린 자리끼를 보며 입김을 불던 달동네도 잊히지 않는다. 여름과 겨울마다 물지게와의 인연도 깊었었다. 주인집 눈치 보여서 우리 남매들은 제대로 된 싸움도 하지 못하고 컸다. 홍은동 비탈을 늦가을 메뚜기처럼 전전하다가 신사동 달동네를 거쳐 갈현동, 불광동 반지하에 살았다.

불광동 성당 뒷골목 반지하는 방아깨비만 한 바퀴벌레가 날아다니는 집이었다. 화장실은 마당 장독대 아래에 있었고 비만 오면 아궁이는 샘으로 변했다. 지금의 증산동 인근에서 입대하고 불광동으로 제대한 셈이다. 아들 없는 2년 반 동안 풋고추 넣은 된장찌개를 한 번도 끓이지 않았다는 어머니 말씀에 펑펑 울던 저녁이 제대하던 날이다.

불광동에서 일산 원당읍으로 이사하던 날이 잊히지 않는다. 화물차 적재함에 간장독을 끼고 앉았다. 더는 서울서 살지 못하는 것만 같아 흐드러진 코스모스가 흔들릴 때마다 마음이 출렁거렸다. 신도시가 건설되기 전이라 국도는 좁았고 나는 머나먼 유배라도 떠나는 것처럼 아득했다. 새로 이사한 연립에서 누이동생과 부모님을 모시고 신혼살림을 시작했고 아버지는 산으로 가셔서 돌아오지 않았다.

지독한 삼 년의 맞벌이로 아파트를 분양받았다. 홀어머니 모시고 입주한 집이었지만 뿌듯해서 잠이 오지 않았다. 화장실도 두 개나 있는 대궐이었다. 이 집을 밑천 삼아 몇 번 더 이사를

하고 평수를 늘렸다. 더는 사라지는 물건도, 부서지는 가구도 없었지만 오랜 유랑으로 망가진 것들이 돌아오지는 않았다.

이제 한 달 뒤에 이사를 간다. 귀농하는 일 아니라면 마지막 이사이기를 소망한다. 문득문득 집안을 사진으로 남기게 된다. 참담함에 거푸 담배를 피우던 발코니에 선다. 우주의 끝까지 뒷걸음질 치는 것 같았던 천장이 새로 보인다. 여는 순간 안온함에 울컥했던 적 많았던 현관문도 새롭다. 어두운 어머니 방문은 산에 계신 아버지보다 더 무겁다.

군에 있는 막내는 아비가 그랬던 것처럼 새집으로 제대하겠다. 무엇하나 달라지지 않고 제 물건도 가지런히 기다리는 방일 것이다. 이렇게 다들 제자리를 지키는데 나는 왜 매매계약 하던 날부터 허공의 애드벌룬처럼 흔들리나 모르겠다. 이별에 익숙해지지 않는다. 사람을 오래 앓고 물건을 한참이나 찾아 헤맨다. 남 못지않은 이사경험을 가졌으면서도 경험이 숨기고 있는 재현빈도를 인식하지 못한다.

같은 순간, 똑같은 사람, 그날 그 자리와 같은 온도, 희미함의 정도가 다시는 오지 않는다. 헌데도 나는 예전의 경험을 기억으로 각색하며 지낸다. 감정의 기술이 부족하다 자책한다. 이별의 기술이 형편없어서 생채기만 늘이고 산다며 탄식한다. 이번 이사에는 내 이런 감정들까지 제자리에 정리하고 싶다.

괜찮아, 괜찮아

위병소에서 마주치며 서로 머쓱하게 웃었다. 부자지간이란 건 이렇다. 해쓱한 모습에 가슴속 돌덩이 하나 떨어지는 느낌이다. 훈련이 고됐을까, 괴롭히는 선임이라도 있을까, 소심한 성정이라 아비에게 숨기는 고민이 있을까, 걱정이 서로의 꼬리를 물고 돈다. 서둘러 달려오느라 잊었던 멀미가 올라온다. 양팔이 온통 흉으로 덮여있다. 무전기 메고 엎어져 굴렀단다. 괜찮아, 괜찮아 그러는 사이에 등골로 찌릿한 고압 전류가 지나간다.

아들 다 소용없다. 외박은 부모가 신청하는 게 최강이란다. 바리바리 싸들고 새벽길을 달려와 꺼내놨더니 면회 오는 여자 친구와 놀다가 밤에나 펜션으로 오겠단다. 알고 온 일이지만 서운하다. 친구로 지내다가 사귀기로 하고 첫 만남이란다. 사실, 터미널에서 언뜻 스치는 아가씨를 여겨봤었다. 검은색 원

피스에 동그란 얼굴, 걸음걸이가 단정하다 싶었다. 그 친구였다. 스치듯 보고도 짐작한 아내의 직감과 눈썰미가 대단하다. 저녁 8시 넘어 막차로 돌아간단다. 8시 무렵에 슬그머니 터미널로 가서 요것들이 뭐하나 훔쳐봤다. 나란히 앉아있다. 뭐라 뭐라 소곤거리기도 한다. 차에 오르기 직전에 녀석이 여자 친구 뒷머리를 쓰다듬어준다. 응답하듯 여자 친구도 녀석의 어깨를 두드린다. 버스가 떠날 때까지 한참이나 멍하니 바라보더라. 우리 부부 결혼 전에 구미와 서울로 장거리 연애를 했던 때가 떠오른다. 슬그머니 괜히 웃음이 번진다.

그래도 내 막내아들이다. 아직 일 년도 넘게 남아서일까. 자는 시간이 아까워 두 시 근처에 잠들었단다. 서둘러 일어나 형이 담아준 음악도 듣고 친구들과 메신저로 수다를 떤다. 어제 아침보다 한결 해쓱함이 줄었지만 여전 헛헛해 보여서 소고기며 돼지 목살이며 잔뜩 구워 먹였다. 장어도 가져갔지만 기름진 거니 참으라했다. 점심 먹더니 모자란 잠에 빠졌다. 두어 시간 재우고 깨워 들여보내야 한다. 군대니까 참고 군대라서 견뎌야 한다고 몇 번이고 노파심을 보였다. 그래, 견디는 거다. 그러나 견디므로 얻어지는 굳은살이 타인의 고통에 대한 냉소로 변질되지는 말아야 한다. 나도 그래 봤다고 가벼이 넘기는 사내는 되지 않았으면 좋겠다. 내 아들이니 믿는다.

한 걸음 먼저 돌아가는

1

달은 지나는 구름에 얼굴을 씻는다. 마침맞은 위치와 속도를 만날 때까지 묵언으로 기다린 거다. 맑은 안색으로 자정 무렵의 강을 비춘다. 비늘 덮은 것들도 고단함을 멈출 시간이다. 초저녁 선잠 들었다 깬 무리가 있는지 수면을 흔든다. 캄캄한 저 아래에도 뒤척일 무언가가 있다는 몸짓인지, 화급하게 피해야 할 목숨이란 뜻인지 포장도로를 배회하는 두 발 짐승들은 알지 못한다. 소란스러운 거리의 문법으로 짐작할 뿐이다.

2

어룽거리는 달에게 얼핏 팔을 내밀었다 거둬가는 수초를 본다. 가로지른 부교(浮橋)를 걷는다. 물에 몸의 반을 담그고 있는데도 마른 관절 소리가 난다. 견딘다는 내색을 감춘 전언이다. 표정이 가지런하게 풍화된 탄식이다. 척추 마디가 존재의 하중을 지탱하느라 미처 삼키지 못한 비명이다. 사내가 눈물을 보일 때 함께 흘러내리는 소리와 같은 질감이다.

   3
   은사시나무는 바람을 불러다 이파리를 덜어낸다. 누가 먼저 추락할지 서로를 외면할 수밖에 없는 피붙이라서 타지에서 온 바람에게 전가하는 것이다. 변호도 필요 없고 후환도 가늠할 일 아닌 묘책인 거다. 한 걸음 먼저 돌아가는 일인데도 이파리들은 전율한다. 아니라고, 나는 아직 아니라고 몸을 뒤집는다. 부정(否定)이 어떤 색이냐 묻는다면 은사시 이파리 뒷면처럼 희다고 대답하겠다.

   4
   풍경은 사방에서 밀려오는 밤을 거부하지 않는다. 새벽이면 나무 아래 남은 어둠을 희석해 그늘을 만들어야 하는 까닭이다. 어둠과 빛의 황금비를 나무들에게 물었지만 한 번도 대답을 들을 수 없었다. 그들의 언어를 해독하지 못하고 있다. 들을 수 있는 귀를 키우지 않았는지도 모른다. 빛도, 어둠도 염증 날 때에 숨어들 곳이 그늘이라는 경험만 얻었다. 자정 지난 강변을 걸으며 눈을 뜨고 귀를 열어 세상 모든 불안이 뒤척이는 내력을 체험했다.

버림받지 않으려면

제대하고 일산으로 이사 왔으니 내 방이 생긴 건 대학 4학년이 시작될 때였다. 그것도 복이라고 1학기는 학교 뒤에서 하숙했다. 졸업설계, 취업준비, 기사 자격증 등등으로 마음이 급했다. 얼마만큼 수습이 된 2학기부터는 집에서 다녔다. 드디어 내 방이 생긴 거다. 국민학교 시절부터 중2까지는 단칸방 다락에 엎드려 책을 봤다. 덕분에 축농증으로 오래 고생했다. 재봉틀도 책상구실을 제법 해주곤 했다. 그 재봉틀 대가리는 수시로 전당포를 드나들었으니 전과가 화려한 셈이다. 대학 신입생 시절에도 나는 누나들, 여동생과 한방에서 지냈고 그나마 책상 비슷한 게 하나 생겼다.

아버지 돌아가시고 이른바 아파트라는 곳에 처음 입주했을 때는 닷새 휴가를 내고 집을 즐겼다. 안방에 화장실도 있었으니 우리 부부 서로 변기에서 물소리 내는 것도 민망해서 우물

쭈물하곤 했었다. 지역난방이라 보일러 돌아가는 소리도 없고 온수도 콸콸 나오고 욕조에 드러누워 흥얼거려도 누가 뭐랄 것 없었으니 당태종이 부럽지 않았다. 촌티 나는 아트포스터도 걸어놓고 희희낙락했다. 드디어 제대로 된 내 방도 생겼다. 당시엔 제법 고급이라는 집성목 책꽂이 세트를 장만했다. 세심하게 배려해준 아내에게 새삼 고맙다. 서재라 부르자고 하고선 서로 웃었다. 그 방에서 건축시공기술사 면허를 따냈다. 이 또한 아내의 뒷바라지 덕분이다. 책도 보고 틈틈이 시도 썼으니 1994년 무렵이다.

몇 번의 이사를 거쳐 평수를 늘렸다. 이젠 더 늘일 재간도 없고 주택환경도 엉망이다. 빈손으로 시작했으니 집이 전 재산이다. 이번에 이사하며 책꽂이, 책상을 바꿨다. 아니 바꿔준대서 돈 든다고 사양하다가 못 이기는 척 그러자고 했다. 이번엔 아내의 통 큰 선물에 깜짝 놀랐고 오래도록 고맙다는 인사를 했다. 살갑게 표현하면 좋았을 것을 부끄러워서 속으로만 되뇌었다. 회사도 기껏 몇 년이나 더 다니면 그만일 텐데 이럴 때 아니면 제대로 된 책꽂이 한 번 써보지도 못할 것 같았다. 없이 자란 사람은 이렇게 사소한 것들에 집착하는 습성이 있다. 천장까지 올라가는 높이에 6단이라 책도 많이 들어간다. 삼면을 둘러치고 가운데 앉으니 건설현장 소장인 내가 뭐라도 된 것 같다. 이제 여유 있으니 나중에 볼 책이라도 사놓을 수 있겠다 싶었는데 다 차버려서 결국 한 짐을 버리기로 했다. 여유가 생긴 칸수만큼 저자들께 미안하다. 특히 이건 아니다 싶은 시집도 과감하게 빼냈다. 내 결정을 내가 믿고 후회도 하지 않으련다. 후회하는 대신 제대로 된 시를 쓰자고 다짐했다. 노끈에 결박당한 채 살려달라고 아우성치는 책 뭉치를 바라만 본다. 주말 분리수거일에 내놓을 예정이다. 내 책은 또 누군가의 서재에서 결박당한 채 사면을 애원하고 있을지 모를 일이다. 턱밑에 칼을 세워둔다는 마음으로 정신 차려야 한다.

냉장고

연어가 누워 있다. 투명한 칠성판을 베고 북극해의 무늬들을 헤아린다. 유빙은 흰 이마로 침묵하고 연어는 시린 아랫도리를 살핀다. 등으로 문지르며 다녀갔음을, 처음이자 마지막임을 새긴다. 자잘한 조각 말고 커다란 얼음에서 녹아내리는 비린내의 주인은 연어인 셈이다. 연어가 토막으로 누워 있다. 장도를 오가는 족속들의 특질인 붉음 하나만으로도 연어임을 증명한다. 왠지 연어의 심장은 작을 것만 같다. 근육이 많을 것만 같다. 목적지가 멀다는 것은 그리움이 오래 쌓인다는 뜻이다. 그리움은 전신에 번지면서 마비를 일으킨다. 누대의 유전으로 연어는 심장이 작고 박동 또한 희미할 것 같다. 견딤의 방식이다. 내성이 생기지 않는 그리움과 당혹에 대한 처방이다. 연어가 붉은 단면으로 백색 빙하를 떠오르게 한다. 달려갈 방법도 없는데 냉기로 유혹한다.

팔당댐에서 납치당한 강이 캄캄한 배관을 통해 여기까지 압송되었다. 해방되는 순간 격자 칸막이에 발이 묶였다. 궁리에 몰두하지만 기다리는 것 외에는 방법이 없다. 탁한 커피에 투신해 설탕과 타협해야 한다. 시큼한 오이냉국에 떠다니게 된다. 미역 줄기를 몸에 걸치고 있는 듯 없는 듯 강제 주입된 냉기를 반납해야 한다. 팥 앙금과 몸을 섞으면 조무래기들에게 환영받는다. 애당초 설탕과 과즙과 함께 칸막이에 수감됐다면 형질 변경이다. 물도 얼음도 아닌 거다. 조기 출소할 수 있으나 선택권을 가지지는 못한다. 라면 상자 크기의 세계에도 우연과 필연과 행불행이 무작위로 나열되어 있다.

　이랑의 풋것들이 소집되었다. 바람과 오랜 대화를 나눈 까닭에 완급을 조절할 줄 안다. 젖은 몸으로 새벽이슬의 시간을 도란거린다. 태양의 횡포를 견뎌낸 몸들이라 머리맡 불이 켜질 때마다 노을을 떠올린다. 얼비쳐 들어오는 등황색은 식탁 등이라는 것을 아직 모른다. 칼 맞고 잘게 부서진 쪽파의 비극이 여기까지 번지지는 않았을까. 무도 감자도 단단함을 잃지 않았다. 늦도록 장터를 지키다가 떨이로 딸려온 노각이 몸을 구부린다. 물정을 안다는 몸짓이다. 문밖의 상황에 따라 순서가 정해짐을, 뒤집을 수 없음을 예감한 안색이다. 그마저 포기한 쑥갓 한 묶음이 구석에서 시커멓게 절망한다. 물러지는 전신을 바라보기만 한다.

　터줏 노릇 하는 김치가 칸칸 일가를 이뤘다. 고춧가루와 젓

갈에 휘둘린 배추가 겉절이라는 이름으로 들어왔다. 말끔한 백김치는 도시 출신처럼 보인다. 밭에서는 제법 우락부락했을 총각무가 가지런히 통에 누워 순화되는 중이다. 억센 허리로 소금기가 스민다. 갓김치는 남도 출신답게 몸짓이 중모리장단으로 늘어진다. 손가락으로 집으면 육자배기 한 자락이 묻어날 것만 같다. 종횡으로 잘려 한 무더기 깍두기가 된 무가 원래 자리를 찾느라 부산하다. 반투명 통으로 부석거림이 비친다. 묵은지는 길게 누워 풋것들의 살뜰함과 무력감을 보기만 한다. 겨울을 넘겨본 존재만이 가질 수 있는 표정이다. 숙성이라 불리지만 자신들에게는 인내의 시간이다. 적멸로 가는 길은 짜고 맵고 종내에는 시큼하다.

나는 어설픈 가장이라서 이 고요한 소란의 소유권을 주장하지 않는다. 주인으로 모시고 싶은 아버지는 산에 계신다. 노동판에서 땡볕에 달궈지고 땀에 전 아버지를 위해 어렵게 장만했던 첫 냉장고를 떠올려본다. 아버지의 저녁이 목을 축인다. 바라보던 어머니의 애잔함과 내 아내가 치러내고 있는 고단함의 무게도 느낀다. 문을 열면 발등으로 쏟아지던 서늘함의 방향을 이젠 잊어가고 있다. 그리움이 일어선 자리는 오래도록 우묵하다. 변질되지 않으니 염장도 필요 없다.

냉장고는 문을 열 때마다 한 번도 어김없이 불을 켜준다. 이제는 드나들 일 많지 않지만 내가 오랜 가난의 문을 열 때마다 환했던 건 아버지 덕분이다. 냉장고 안의 존재들은 냉기에 붙

들려 억지로 싱싱한 척 안간힘이다. 유예 중인 소멸들이다. 조금 더 머문다고 해서 달라지지 않는다는 것을 저것들도 나도 안다. 기다림을 오래 겪어본 사람이 냉장고 내부에 자동으로 켜지는 등을 달았을 것이다.

아무 일 없는 하루

막내가 휴가 나왔다. 군대가 좋아졌다지만 집에서 가족과 먹는 음식만 했을 리 없고 친구들과 거리에서 나누던 간식보다 달달하지 않았겠다. 점심은 고기 구워 먹이고 우리 네 식구 외출했다. 여자 친구 만나러 간다고 옷을 사고 싶어 하는 거 같아서 아비 노릇 했다. 시원찮아진 지갑 털었다. 실직한 것도 모르는데 막내는 자꾸 싸구려 외투를 만지작거린다. 전후 사정을 아는 장남은 나와 동생을 번갈아 보며 이리저리 눈치를 살핀다. 여자 친구 없는 장남 표정을 보니 괜찮은 것도 같다. 겨울옷이니 좋은 걸 사야 오래 입는다며 아내는 내게 눈짓한다. 오늘까지만 쓰고 내일부터 절약하잔다. 두툼한 점퍼, 신사 구두보다 비싼 운동화, 가방을 샀다. 영수증에 적힌 숫자가 묵직하다. 점퍼는 집에 와 보니 잘했단 생각이 든다. 두어 시간 가까이 백화점을 돌다가 지하 식당에서 저녁을 먹었다.

기름지고 이십대 초반이 좋아하는 것들만 골라 시켰다. 요즘 속이 더부룩해 소화제를 달고 사는 나는 먹는 둥 마는 둥 떡볶이 몇 점 넘기고 말았다. 녀석들 잘 먹는다. 민간인일 때는 익숙했어도 군대에선 꿈에도 생각할 수 없는 것들이니 오죽 달고 맛있을까. 극장으로 옮겨 탄산음료와 감자튀김도 샀다. 역시나 잘 먹는다. 결핍 속에서 키운 것도 아닌데 아비라서 그런지 다 큰 녀석들 먹는 걸 보면 뿌듯하다. 못 먹고 못 입고 주머니에 용돈 한 번 지니고 다닌 적 없던 아비라서 그런가 보다. 대학 졸업할 때에야 비로소 내 방과 책상이 생겼던 아비라서 나란히 책상에 앉아있는 모습만 봐도 빙그레 웃음이 나는 모양이다.

　　앞서 걸어가는 두 녀석 등짝을 보니 괜스레 든든하고 사회인이 될 때까지 충분하게 뒷받침해줘야 할 텐데 싶어 마음 시리다. 나처럼 맨손으로 출발하게 하기는 싫다. 전세방이라도 얻어주고 신혼을 시작하게 했으면 좋겠다. 직장을 구할 때까지 걱정하지 말고 열심히 공부하라고 자신 있게 말하고 싶다. 온갖 생각이 탄산음료 기포만큼이나 부글거렸지만 이런 안온함이 고맙다. 자식들 앞세워 주말영화 보러 다니는 일상이 평화롭다. 특별할 것 없는 하루하루를 보내는 게 최상의 행복이란 생각을 자주 한다. 휴가 나왔는데 일찍 자면 아깝다고 툴툴거리는 막내의 밤송이 머리가 귀엽다.

먼 곳의 친구에게

호쾌한 드라이버 샷이 더는 쓸모없는 곳
최신형 요트라도 움직이지 않는 침묵의 바다
색소폰도 소리를 잃은 무대
최고급 요리가 없는, 있더라도 배가 채워지지 않는 식탁
고성능 승용차인데도 동승자가 없는 나날

네가 머무는 곳은 그렇겠다. 네가 당도한 곳에서는 화려함이
빛을 잃어 아무도 박수치지 않겠다. 부유함을 자랑하려고 해도
모두가 주머니 없는 옷을 입었으니 꺼낼 게 없겠다. 육신을 잃
었으니 고급 시계도 반짝이는 반지도 번듯한 정장도 티끌일 뿐
이겠다. 아쉬워서 어찌 갔나 모르겠다. 그 많은 재산 절반이나
썼을까. 퍼내도 넘치는 화수분이라 외려 늘었을지 모른다.

불러도 불러도 듣지 못하는 아들딸

뼈가 부러지도록 팔을 뻗어도 닿지 않는 아내

오가는 길을 모르는데도 선명하게 들리는 아내의 흐느낌

더부룩한 욕망과 불만이 졸음처럼 사위는 밤

더디 오시라 통곡해도 성큼 다가서는 부모님

친구야, 네가 거기 있겠다. 그리운 얼굴도 음성도 손길까지 일체가 사멸한 적막의 중심에 네가 웅크리고 있겠다. 평온한 곳이라는 인사말은 네게 건네는 선물이 아니라 남은 사람들을 위한 배려임을 안다. 불길을 견디느라 뜨거웠겠고 서서히 식은 후부터는 동짓달 밤이 지겹도록 춥겠다. 유난히 홧홧했던 여름은 어찌 보냈나 묻고 싶다. 낯가림도 있는데 처음 보는 사람들과 어깨를 맞대고 지내느라 황망하겠다.

동창 어머니 부음을 전하려고 네게 전화했다가 지난봄에 암으로 떠났다는 소식을 들었다. 그간 소원했음을 후회해도 소용없는 일이었다. 건강하다는 말도 이렇게 허망하구나. 부유한 집 막내아들로 어려서부터 아쉬운 것 없이 살았던 네게는 길지 않았던 이승의 삶이 고통보다 안온함으로 채워졌을 거란 생각을 했다. 사춘기 내내 무엇이든 원하는 걸 할 수 있는 네가 부러웠다. 하숙집 책상에 용돈이란 명목으로 담겨있는 지폐 다발이 우리 식구 한 달 생활비보다 더 많았다. 평평하지 않은 세상에 멀미를 느꼈는지, 마시지도 못하는 술을 거푸 들이켰던 탓인지 새벽까지 구들장이 출렁거렸었다.

그곳에서는 누리지 못할 것들에 대한 아쉬움을 앞줄에 쓴 이 속물 친구를 용서해라. 철없던 한때의 부러움이었단다. 네가 떠나는 날을 함께하지 못했던 무심함도 용서해다오. 제수씨에게 연락하지 못하고 명함만 끼워두고 왔다. 아직 첫 제사도 치르지 않았으니 아픔만 들추는 꼴이 될 것 같았다. 다시는 돌아오지 못할 곳이지만 조금 먼 곳에 있을 뿐이다. 네가 조금 일찍 그리로 간 것뿐이다. 화장실 세면대 거울에 비친 내 얼굴을 보았다. 살아있음이 누군가의 장난 같아서 젖은 손으로 뺨을 만져보았다. 거기가 꿈인지 여기가 꿈인지 나는 아직 모른다. 너는 이제 답을 알겠지.

어른께 길을 묻다

어제 화천으로 막내 면회를 다녀왔다. 심성이 여리고 근심 많은 성격이라 녀석에게는 아비가 실직했음을 알리지 않았었다. 일상처럼 담담하게 삼겹살을 굽고 기름장과 쌈장 중에 어느 것이 더 맛난지 이야기하고, 과일을 먹으며 하루를 함께 보냈다. 녀석도 고달프단다. 소원 수리 비슷한 마음의 편지가 있어서 선임병의 횡포를 장교에게 전하는 제도라는데 신병들에게 관물대 정리하라고 잔소리했다가 덜컥 지목당했단다. 최대 14일까지 영창에 갈 수도 있고 복무 기간도 그만치 늘어나고 다른 부대로 전출을 간단다. 흔한 일이라지만 걱정스럽다. 조카도 이런 일을 당해서 말년시절이 힘들었다던데 어쩔까 모르겠다. 아직 전화가 없는 걸 보면 무사히 넘어가는 것도 같고 은근 신경 쓰인다.

아직 회사에 남아있는 직원들도 힘겨운 건 마찬가지다. 자본금을 25%로 감자(減資)한다니 감원도 불 보듯 빤한 일이다. 이 달 말이면 또 숱한 인원들이 쭉정이 신세로 전락할 거다. 몇 달 치 월급을 위로금으로 받으며 내몰릴 것이다. 급여총액을 20% 줄인다더라. 사람이 기준이 아니라 돈이 우선이고 총액이 채워 질 때까지 사람을 자르겠다는 논리다. 내가 이런 회사에 다녔 구나 싶으니 한심스럽고 애사심이니 정의니 그따위 불편한 개 념들은 통째로 내버리고 돈만을 위해 일할 걸 그랬다는 후회도 든다. 내 또래는 없으니 이번에 내몰리는 직원들은 최소 나보 다 3년 먼저 실직자가 되는 셈이다. 그들이 겪어야 할 고통이 무엇인지 훤하다. 아직도 통증이 멈추지 않았는데 주변에 환자 가 더 생기는 꼴이라서 안타깝다. 무슨 말로 위로할지 모르겠 다.

답답한 마음을 감추고 갔는데 막내까지 난감한 상황이라니 점심 먹은 속에서 신물이 올라온다. 지난가을엔 온통 붉었던 적근산이었다. 붉음이 녹슬어 검어지던 때였고 난 제법 괜찮은 재벌회사 간부사원이었다. 세상이 그리 겁나지 않았고 무엇이 든 마음만 먹으면, 얼마간 시간만 주어진다면 해낼 수 있다는 자신감을 남들에게 들키지 않도록 기술적으로 가슴에 품고 살 았었다. 지금이라고 달라진 것은 없다. 자신감은 사회적 지위 나 돈에 의한 것이라기보다는 두려움 없는 열정이 진정한 동력 인 까닭이다. 그러나 막막하고 세상이 저만치 나로부터 물러나 는 듯한 기분은 떨칠 수 없다. 산도 더 멀어 보이고 정상도 한

참이나 높게 느껴지고 여윈 나무들이 힘겨운 것만 같아 안타까웠다. 시선이 낮아지고 그만큼 마음도 내려앉는다. 수시로 방을 나와 담배를 피웠다. 이른 봄볕이 쏟아지는 면회소 마당이 단출해서 이런 마음으로 살아야지 했다. 적근산 자락을 올려다보며 묻고 싶었다. 고통이니 통증이니 이런 과장보다는 상념이 옳은 표현인 것 같은 마음을 솔직히 꺼내 놓았다. 누구에게 길을 물을 것인가. 막내는 가을이면 제대할 테고 나는 이러다가, 오랜 시간을 방황하다가 또 어딘가 숫자만 가늠하는 회사인 줄 알면서도 들어갈 것을.

20년 만의 해후

잘게 저며진 탓인지 전복은 진하지만 맛이 좁다. 심심하면서
도 너른 풍미로는 오징어가 제격이다. 뼈대 없는 집 자손인데
촘촘하게 칼을 맞고도 표정이 담담하고 희다. 전복과 오징어가
휘젓고 다니는 와중에 충만하지는 않고 헛헛하다. 눈치 빠른
새우가 간극을 메우느라 여럿이 몰려들었다. 허리 펼 새 없이
분주하다. 날카롭게 부드러운 죽순이 쫄깃한 것들 사이에 아삭
함을 보탠다. 배추도 한 가닥 하던 시절이 있었노라 푸르다. 허
연 배를 드러내고 오징어인 척 흔들거린다. 쑥갓도 휘영청 승
무 자세로 몸을 젖힌다. 모시조개가 담아온 짠맛이 부담 없을
정도로만 혀를 누른다. 표고버섯은 뿌리 없이 부유하는 것들과
섞이기 싫은지 단단하다. 저도 그늘에서 허약하게 살았으면서
배추나 쑥갓처럼 뿌리라도 있는 양 검은 표정을 풀지 않는다.
굴은 속도 없나 보다. 물컹하게 풀어졌다. 모든 관계의 증거인

것처럼 면발이 서로를 연결하고 휘감는다. 독재자 같은 고춧가루 없이 평화롭다. 온통 제맛으로만 뒤엎어버리는 김도 들어오지 않았다. 국물만 우려주고 몸을 숨겼으나 일등공신은 다시마겠다. 뽀얀 국물은 어머니다. 다 내 품에 있다고, 벗어나면 금세 말라버릴 거라고 훈김을 뿜는다. 후끈하게 한 그릇 비운다. 짭조름하게 넘어가며 구수함을 남긴다. 봄이 창밖까지 다가와 늦잠 든 개나리를 흔드는 오후다.

이르기를 논현동 취영루 짬뽕 되시겠다. 이십 년 전에는 가끔 들리던 곳이다. 고급 요릿집이지만 달랑 짬뽕 하나 시켜도 괜찮았다. 괜찮다고 자신을 몰아댔다. 허접스러운 소형차 몰고 호텔 입구에 들어서면 주차요원이 문을 열기는커녕 손짓으로 지하주차장 입구를 가리킬 뿐이었는데 여기는 차 문을 열어주고 대리주차도 해주는 곳이다. 물론 내가 대단해서 열어줬겠나 길 좁고 손님 몰리니까 빨리 내리라는 뜻이었겠다. 그래도 좋았다. 나 속물이라서 그런 요릿집에 가보고 싶었다. 취직해서 알탕을 처음 먹어보곤 신선의 음식인 줄 알았었다. 스물다섯이었던가 숯불갈비를 처음 먹어보고 슬펐다. 그제야 알 수밖에 없는 내 형편이 슬펐다. 변명하자면 속물이라서가 아니고 식탐이 과해서도 아니다. 세상에 대한 호기심이 많은데 펼칠만한 형편이 아니었던 거다. 호기롭게 짬뽕 한 그릇 비우고 나와서 자동차 키를 달라고 할 때 기분 괜찮았었다. 후식으로 나온 찹쌀도넛의 단맛이 남아 있기 때문만은 아니었다. 갈빗집에 가서 불고기 시키지 말자는 게 내 생활신조다. 불고기 전문점에 가면 합당한 대접을 받으며 먹을 수 있는데 왜 남들 다 비싼 갈비 시키는 곳에서 썰렁하게 불고기 시키느냔 말이다. 그나저나 언제부터인가 천 원이었던 거 같은데 대리주차 아저씨가 천 원을 받는다. 애들이 있다면 최소 고등학생일 텐데 한 달에 얼마나 버나 모르겠다. 없는 사람은 이래저래 옴치고 뛰어봤자 제자리다. 짬뽕 맛은 변하지 않았어도 아저씨 수입은 확 늘었어야 세상이 올바른 거 아닌가.

순환과 일방통행

　할아버지 닮았다는 소리를 자주 들었다. 성격이 예민하다는 뜻이다. 아버지보다는 까칠하다는 속뜻도 있다. 아버지보다 할아버지를 더 닮은 작은 아버지가 어젯밤에 돌아가셨다. 췌장암에 당뇨합병증으로 몇 달 고생하시다 편안해지셨다. 아들 하나만 두었으니 내게는 사촌 동생이다. 혼자 큰일 앞에 황망하겠다 싶어 밤늦은 시간인데도 달려갔다. 아직 빈소도 차리지 못했고 수목장 관련한 예약과 화장장 시간 때문에 분주한 모습이었다. 상조회사 직원과 성당에서 나온 분이 그나마 조언해주는 바람에 동생도 얼마간 안도했지만 유족은 당장 슬픔보다 챙겨야 할 것들이 많다. 무작정 슬퍼할 겨를도 없다. 손님 치르고 삼우 끝내고 나면 비로소 가족들만 남아 슬픔을 껴안아야 한다. 아버지가 사고로 돌아가셨을 때는 매형들이 장례 관련한 일들을 처리했다. 나는 사흘을 내리 울기만 했다.

이제 아버지 형제들의 시대가 끝나간다. 고모 한 분 살아계시니 끝난 셈이다. 집안 장조카니까 직계가족들 분향 후에 맨 먼저 향을 올렸다. 더는 아버지 닮은, 할아버지 닮은 얼굴을 볼 수 없다는 생각에 혼자 계단에 앉아 울었다. 내 설움, 내 그리움이 반이다. 명절마다 현관으로 들어서시는 작은아버지를 뵈면서 집안을 이어가는 유전자를 떠올렸었다. 아버지가, 할아버지가 들어서시는 것만 같아 철렁한 적 많았다. 이제 다 끝났다. 청양 논배미에 허리 구부리던 사내들의 한 시대가 영정사진으로만 남았다. 지방(紙榜) 한 장으로 부재를 증명할 뿐이다. 말 많고 탈 많았다는 전씨네 호적 한 줄이 수정될 것이다. 지구가 둥글다는 것을 느끼지 못하는 것처럼 순환을 일방통행으로 단념하고 산다. 순환인지도 모르겠다. 아니, 죽음 앞에서 일방통행을, 가버리면 끝이라는 절망감을 느낀다. 애면글면하지 말아야겠다는 생각도 한다. 이토록 허망한 세상을 어디까지, 언제까지 전전긍긍하면서 쥐려고 애쓰나 싶다. 가장 한심스러운 것은 따로 있다. 며칠만 지나면 나는 또 예전처럼 소소한 것들에 욕심 드러내며 잠을 설치고 남과 비교하며 우울해할 것이 뻔하다. 숨이 끊어져야 멈추는 병은 아니었으면 좋겠다.

시간이라는 섬유질

　어머니가 갑자기 어린애로 변하셨다. 여든다섯으로도 전화 번호를 일일이 기억하시고 버스며 노인정이며 막힘없이 다니시는데 큰누나 불참하고 나머지 딸 셋에 아들이 모였으니 좋으신 모양이다. 만사 묻고 또 묻고 반복하신다. 어디서 봤더라. 노모께서 하도 같은 질문을 반복해서 짜증이 났었는데 돌아가시고 어머니 일기장에서 자신이 아이였을 때 수백 번 같은 질문을 해도 그 모습이 귀여워 꼬박꼬박 대답을 해줬다는 내용을 읽고는 대성통곡했다는 글이었다. 나도 어머니 돌아가시면 많이 울 것 같다.

　1남 4녀 외아들이 실직하고 집에 있는 바람에 누나들과 동생이 걱정을 많이 했나 보다. 이러저러 경제적으로 돕고 가끔 내게 용돈까지 찔러줬다. 어머니까지 모시고 사는 형편이니 마음이 편치 않았으리라. 노인네 영양가 있는 거 챙겨드리고 집

안도 환해야 할 텐데 기울어지는 상황이라 딸들 입장에서 오죽 마음이 상했을까. 이제 외아들 취직했으니 편하단다. 친정 걱정이 덜어져서 이전으로 돌아갈 수 있겠단다. 서로가 살기 바쁜 형제들인데 가족이란 테두리 안에서는 여전히 예전과 다를 바 없다. 머리맡에 요강 놓고 쪼르르 누워 자던 시절에서 한 걸음도 벗어나지 않았다. 우리는 비탈에 선 나무들이었는데 다행스럽게도 곧게 자랐다.

다들 모이라 해서 내가 점심을 냈다. 훈제오리, 칼국수, 만두로 푸짐하게 먹었다. 동생이 취직 기념으로 신발을 사주겠단다. 새 신 신고 열심히 뛰란다. 민망하게 용돈 받은 적도 있어서 사양했는데 극구 가자니 아울렛 매장으로 따라나섰다. 딱딱한 신사 구두 말고 캐주얼 스타일 운운하더니 당장 밀라노로 떠나야 어울릴 걸 신어보란다. 한 번도 시도하지 않았던 스타일인데 도전정신으로 선택했다. 주차장으로 가는 길에 옷가게에 들어갔다. 이놈의 옷 욕심은 나이를 먹어도 줄지 않는다. 결국 청바지를 샀다. 가판대에 무더기로 쌓인 물건이라 헐값이다. 휘파람까지는 아니라도 마음이 느긋해졌다. 단칸방에서 싸우고 울고불고 야단법석으로 자랐는데 이제 다들 살림도 피고 건강만 생각하는 나이들이 됐다고 생각하니 문득 세월이 아득하고 눈가의 주름들이 짠하다. 홀쭉한 볼에 그간의 세월이 고여 있는 것처럼 보였다. 사람이 나무와 다를 바 없다고 생각했다. 찬연한 시절 후에 드러나는 섬유질이 누나들 얼굴에도 가득하다.

　다들 돌아가고 거실엔 휴가 나온 막내를 위해 장남이 치킨 시켜놓고 도란거린다. 막내는 제대가 45일 남았다. 엄마더러 이 시간에 콜라 마시면 어쩔 거냐고 장난이다. 세 식구 깔깔거리는 소리에 TV도 눈치껏 소리를 낮추는 것 같다. 나는 서재에 앉아 듣기만 한다. 창밖으로 바람이 가을흉내를 내며 지나간다. 저 소리에 늑골 부러지는 통증을 느끼던 작년 가을이 떠오른다. 가을비에 질펀한 낙엽을 들고 들어와 실직한 나와 너희들이 다를 바 없다고 밤늦도록 바라보던 날이 있었다. 김광석 노래를 크게 틀고 달리다가 울대가 미어지는 순간도 있었다. 이제 지난 일이다. 언제 또 그럴지 모르지만 이전과는 다를 것이다. 통증과 안온함은 번갈아 온다. 언제인지 얼마만큼인지 모를 뿐이니 겸손할 일이다. 달력을 넘기며 안달하기보다는 차분히 내면을 들여다봐야 할 시간이 남았다. 바람에 갈참나무 수런거리는 소리가 창문을 넘어온다.

자식이라는 뻐근함

막내가 돌아왔다. 탄탄한 등을 두드리며 축하한다고만 해야 적절했을 텐데 무사히 돌아와서 고맙다는 말까지 했다. 아들과 아비 사이에서도 내 감정에 충실한 건 아닐까 생각하니 인간이란 존재의 지독함까지 느껴진다. 복잡하게 생각할 것 없다. 축하하고 고맙고 흐뭇하면 그만인 일이다. 아내는 안도감에 벙글거린다. 내게는 감추면서 그간 마음고생이 컸다는 증거다.

돌아서려다 마주하는 포옹에서 진심이 느껴지지 않는다. 여자 친구와 채팅 중이었으니 마음 바빴을 것이다. 이 년 가까이 제대로 만나지도 못했으니 당장 달려가고 싶었을 일이다만 아비 입장에선 살짝 서운하기도 하고 언제 저리 커서 여자를 품었나 싶어 대견하다. 말년휴가 마치고 들어가서 이틀 만에 제대해 돌아온 거라 제 딴엔 싱거운 느낌도 있겠다.

두 녀석이 나란히 앉으니 방이 꽉 차 보인다. 내 마음에도 푸근한 무언가가 채워지는 순간이다. 신이 지상에 내려온다 해도 너와 내가 부자지간임을 부정할 수 없다며 장남의 어깨를 두드린 적 있다. 핏줄이란 이렇다. 내 새끼란 나와 이렇게 연결이 아니라 섞여 있는 존재다.

바람만 많이 불어도 마음이 서늘했다. 폭우라도 쏟아지면 아이들 근무하는 지역의 일기예보를 유심히 들었다. 종종 말도 되지 않는 병영사고가 터질 때마다 내 아들이 근무하는 부대가 아니기를 바랐다. 부끄럽지만 부끄럽지 않은 심정이다. 이제 막내까지 제대했으니 생이별하고 그리워하거나 휴가 복귀하는 전날의 불안은 없다. 징그러운 수컷이 되어 돌아온 막내 등짝만 봐도 괜히 웃음이 난다. 그래, 내 새끼라 좋은 거다.

아무 일 없는 나날이 안심된다. 싱겁게 지나가는 시간이 편하다. 오늘 하루도 별 일 없었구나 싶으면 안온함을 느낀다. 행운도 특혜도 횡재에도 관심이 가지 않는다. 내 것이 아님을 흐릿하나마 알아버린 까닭이다. 세상의 한 귀퉁이에서 두런두런 살아갈 일이다. 올가을만큼 평온한 때가 있었나 싶다. 막내의 짧은 머리가 자라는 모습을 보며 인생 또한 그와 다르지 않음을 확인하면 된다. 내 새끼는 돌아왔는데 앞으로 얼마나 더 많은 부모가 자잘한 근심에 시달려야 하나 생각해본다. 또 얼마나 많은 젊은이가 청춘을 몰수당하고 시달릴까 안타깝기도 하다.

겸상

노인네 기운 없으신가 보다. 국물 넘기는 모습이 가뭄 든 논에 개울물 한 자락 들어가는 모양새다. 된장국물에 축축 늘어진 아욱도 밭에서는 싱싱했겠다. 어머니 함박꽃 시절과 다를 바 없었겠다. 첫 딸 낳고 9년이나 걸렸으니 종가의 며느리로서 오죽이나 속이 타셨을까. 뒤이어 나은 딸은 아들도 출산할 수 있다는 예시였으니 환영받았으리라. 그러나 거푸 또 딸을 낳으셨으니 나와 두 살 터울 누나다. 이렇게 딸 셋을 낳자 눈치가 이만저만 아니셨단다.

노인네, 아욱국을 넘기신다. 한 철 땡볕을 견딘 아욱도 철 들었는지 낡은 울대를 제 알아서 넘어간다. 수시로 막히고 여차하면 꾹꾹 눌렸을 울대를 그런 시절이 있었다며 소리 없이 넘어가준다. 대소가에 말도 많고 탈도 많았단다. 다듬잇돌 같은 시아버지 하나도 버거운데 벼락귀신 시동생과 여우 꼬랑지보다 변덕스러운 시누이들 때문에 한 시도 편할 날 없었단다. 쌀 찧어다 놓으면 시동생이 퍼가고 보리라도 챙겨 감추면 시누이들이 참외하고 바꿔먹더란다. 남편은 악극단 한다고 젊은것들하고 떠돌았다니 무슨 재미였을까 싶다. 그러다가 덜컥 넷째가 들어섰단다. 또 딸이지 싶어 논두렁 위로 올라가 뛰어내리려 했단다. 아찔해서 그냥 내려와서는 조선간장 한 사발을 마셨단다. 그러면 애 떨어진다는 동네 할머니들 이야기를 귀동냥해뒀더란다. 말이야 바른 말이지 아들 낳겠다고 보름이면 칠갑산 모퉁이마다 시루떡 지고 올랐다니 그 동네 돌부처치고 어머니 시루떡을 자시지 않은 분이 없었단다. 보답이 있기는 있는 모양인지 퉁명스런 아들이 태어났단다.

아들은 시원하다며 거푸 한 그릇 더 퍼온다. 문 닫고 먹는 거 아니냐며 아욱국에 밥 말아 겉절이 척척 걸쳐서 미어지게 떠넘긴다. 어머니 기운 없어 아욱국을 후루룩 소리도 없이 넘기시는 걸 모르는 척 팔푼이 짓을 해댄다. 조개를 넣으면 더 시원했겠다며 너스레를 떤다. 아욱은 취나물처럼 무쳐 먹지 않느냐고 괜한 질문도 한다. 그러다가 울컥, 울대가 막혀버린다. 일어나 냉수 한 모금 마시고 아버지 기일에 그러는 것처럼 현관문을 살짝 열어둔다. 아버지가 오실 일 아니지만 혹시나 어머니의 오랜 슬픔들이 아직도 문밖에서 서성거릴지 몰라 들어오시라 하고 싶은 거다. 딸만 낳은 슬픔이라면 상석에 앉으시라 해야겠다. 가세가 기울어 종종걸음이 잦았던 슬픔이라면 푸짐하게 한 상 드시라고 권해야겠다. 올망졸망 1남 4녀가 썩인 속에서 우러나는 슬픔이라면 무릎 꿇고 사죄해야 마땅하겠다. 서울살이 고달픔에 굳은살 박힌 슬픔이라면 푹신한 방석이라도 내드려야 옳겠다. 들어와 따뜻한 식탁에 함께 앉아 아욱국 한 사발 넘기고 가시라고, 이제 가시면 다시는 어머니를 찾지 말라고 부탁하고 싶은 마음이다. 바깥은 여전 추우니 잘 드시고 먼 길 가시라고, 혹시라도 아버지를 찾아가진 마시라고 거듭 부탁하고픈 저녁이다.

들판엔 서리가 무성하겠다. 시르죽은 아욱 줄기 아래로 냉이가 파릇하게 겨울을 기다리고 있겠다. 냉이처럼 살아볼 일이다. 아욱 뜯은 후에야 보이지 않던 냉이 생각을 한다. 사람이 이렇다. 서릿발에 기죽지 않고 푸르게 옆으로 한 치, 깊숙하게 땅속으로 한 치 힘을 넓혀갈 일이다. 아욱처럼 구수하게, 냉이처럼 힘껏 살아낼 일이다. 아욱국을 반이나 남기신 어머니가 엷은 미소로 현관문 닫으러 나가신다.

부계(父系)의 멍울들

　내가 아는 한 할아버지는 실패한 가장이셨다. 노름과 시비 (是非)로 가산을 탕진하셨고 결정적 과오는 자식들을 공부시키지 않았다는 점이다. 어릴 때는 거기까지밖에 몰랐으나 철들며 생각하니 더욱 엄청난 과오가 있었다. 자식들이 우애 좋게 지내도록 다독이지 않았다는 사실이다. 아버지는 달랐다. 우리 1남 4녀는 제법 왕래가 잦고 누나 셋과 여동생은 툭하면 쑥덕공론이고 명절이면 각자 옷을 가지고 와서는 물물교환하느라 장터가 따로 없을 지경이다. 며느리로서, 그 장터에 참가해 깔깔거려주는 아내의 감정소비도 기실 대단했을 것이다.

　할아버지야 내가 고2 때 돌아가셨으니 기억의 교집합이 적다. 아버지만 생각하면 애잔함에 목이 멘다. 사고로 돌아가셔서 더 그럴 테지만 평생 제대로 쉬지도 못하시고 막노동에 시달리셨다. 내가 기억하는 아버지의 모습은 땀에 젖은 작업복과 팔다리의 상처와 불거진 생활근육이 전부에 가깝다. 유난히 작은 체구에 남에게 싫은 소리 못하는 성격이시라 어려울 때 많았다. 답답했지만 돌이켜 생각하니 아버지 속사정은 오죽했을까 싶다. 그런 아버지가 가슴의 멍울로 남아 지워지지 않는다.

내 아들들이 나를 보는 마음과 내가 아버지를 생각하는 것 중에 어느 쪽이 무거울까 가늠해봤다. 아마도 내 쪽으로 기울지 싶다. 나는 아이들에게 그리 고단한 모습을 보이지 않았고 아버지보다는 수월하게 생활을 이어갔다. 아버지 덕분에 제대로 배우고 원만하게 직장을 다니는 바람에 자식들에게 지독한 애잔함을 얹어주지는 않았을 것 같다. 성공한 인생이라고 생각한다. 할아버지에게서 아버지에게로, 다시 내게서 아들들에게로 내려가는 부계(父系)의 멍울이 줄어들어야 한다고 믿는다. 점차로 희미해져야 삶이 개선되는 거다.

내가 땀에 젖은 작업복과 파스 냄새로 아버지를 떠올리는 것처럼 내 아들들이 나를 추억하게 하고 싶지는 않다. 지금 내 가슴에 시퍼렇게 살아있는 멍울을 내 아들들도 간직하게 하기는 싫다. 대신에 따사로움과 안도를 채워주고 싶다. 내가 해줄 수 있는 일인지 녀석들이 제 알아서 채워갈 일인지 구분하기 곤란하지만 욕심껏 그리 했으면 싶다. 삼부자가 아버지 산소 앞에 나란히 앉아 촌티 나는 사진을 찍는다. 그래, 인생이 원래 촌스럽고 눅눅하고 찔끔거리는 것 아니었나 말이다. 뒤에 계신 아버지도 빙그레, 그 미치도록 그리운 웃음을 지으실 거다.

배터리

예고 없는 것들의 무심함이 싫다. 어제까지만 해도 멀쩡했는데 출근길 새벽에 말썽이다. 보름 전 점검할 때는 괜찮다고 했는데 무슨 조화인지 모르겠다. 나는 속일 수 있겠지만 숙달된 전문가의 눈길까지 피했으니 저도 나름의 연륜이 있다는 말인지 주인의 성정을 닮아서 파국에 이르도록 입을 열지 않겠다는 심사였는지 갈피를 잡지 못한다. 새벽부터 날은 덥고 짜증이 땀보다 먼저 번진다.

예고하는 것들의 잔인함도 싫다. 대비할 수 없다는 것을 알고 하는 예고라면 더욱이나 몸서리쳐지는 일이다. 누군가에게 그리 했던 기억이 있다. 당시에는 끝장을 볼 심사였지만 시간이 지나며 희미해지고 실행에 옮기지는 않았다. 지인이 왜 그랬냐고 물었을 때 불안하게 기다리는 꼴이라도 봐야겠다고 대답했다. 허둥대며 감정소비라도 해야 공평하지 않겠느냐고 생청 부렸다.

10분도 되지 않아 달려온 서비스 기사가 고맙다. 전화했을 뿐인데 내려다보고 있었던 것처럼 단박에 도착한다. 위치 기반 서비스, 이거 무서운 시스템이다. 성격상 그럴 리 없는데 내가 언제 이걸 승인했는지 모르겠다. 마음만 먹으면 종일 나를 감시할 수 있다는 뜻이다. 궁금해할 누군가에게 정보를 제공할 수도 있고 악용도 가능한 세상이다. 대책 없고 힘도 없는 자의 무기란 낙관이다. 얼른 고치고 출발할 수 있었던 사실만 생각하기로 한다. 배터리값이 비쌌지만 수리기사가 보여준 웃음의 가치가 포함됐다고 생각하련다. 차가 먹통일 때는 짜증스러웠는데 쉽게 고치고 출발하니 어느새 기분이 산뜻하다. 내가 이렇지 뭐. 닐리리…….

거리와 간극

내 프레임 안에서 당신의 위치는 삼 분의 일 지점이다. 중앙은 촌스럽고 직설적이고 타인의 시선이 염려되기 때문이다. 그만큼 나는 소심한 인간이다. 꺼내면 용암일 것을 꾹꾹 누르고 적당한 온도가 될 때까지 기다리다가 망해버린다. 초점은 배경을 날린 채로 고정한다. 때로는 깊은 심도로 배경까지 살리며 배려라고 되뇐 적 있다.

당신이라는 렌즈의 지향점은 어디인가. 당신의 프레임 안에 내 자리도 마련되어 있는가. 나란한 인물사진은 촌스럽다고 힐난하는 건 아닌가. 나는 컴퓨터 화면 아닌 인화지로 남고 싶다. 단추 하나로 삭제되는 파일이 아니라 태워버리려 해도 선뜻 행동으로 옮겨지지 않는 인화였으면 싶다. 찢어놓고 후회하는 인물사진이면 좋겠다. 당신도 나와 같음을 알기까지, 사랑이란 필름이 인화되기까지 불면이란 암실과 통증이란 현상액이 필요했다.

　관계란 한 걸음 가까이 혹은 한 걸음 뒤로 움직여야 한다. 밀착하고 싶은 욕망이 사랑이라면 한 걸음 떨어진 자리에서 바라봐주는 인내심도 사랑이다. 남녀관계뿐 아니라 모든 관계에 통용되는 일이다. 서로가 그늘을 그리우며 죽어가는 나무들처럼 되지 않으려면 적당한 간격이 필요하다. 적당이라는 모호성에 우리는 조급증을 느끼고 무시로 절망하지만 관계란 적당함을 찾아가는 과정인지도 모른다. 물리적이건 심리적이건 거리를 초월할 때까지 말이다.

진공상태

장남이 졸업했다. 외고까지 들어갈 실력이라 속물인 아비를 기쁘게 했었다. 공부에 취미를 잃어 득세한 자들에게 치인 아비를 가슴 아프게 했다. 지금껏 사회생활을 겪어보니 세상에는 보이지 않는 눈금들이 많았다는 느낌이 진하다. 속물임을 고백할 것도 없이 잘났다는, 잘나간다는 말이 탐났었다. 내 자식이 제대로 된 직장을 얻는 것을 바랐고 또래들 보다 한 걸음이나마 앞서 나가기를 갈망했다. 드러내놓고 요구하지 않았지만 아비 마음 운운하며 덧칠할 생각은 없다. 이제 졸업이니 녀석도 생각은 있을 테니까 하나의 매듭을 지었겠지.

취직 축하한다는 말은 기실 남의 종노릇을 하게 된 일을 기뻐하는 셈이다. 내 아들이 남 밑에서 혹시나 눈칫밥까지 먹는 건 아닐까 하면서 축하해야 하는 것이 자본주의 세상의 이율배반이다. 녀석도 어린애는 아니니까 알아서 먹고 살겠지. 행여

복이 있다면 참한 여자라도 챙기겠지. 이런저런 상념들이 스치는 오늘이다.

　기쁨도 우울도 없는 감정의 진공상태로 하루를 보냈다. 잠수함을 탄 것 같다. 머리는 고요하고 수압에 눌리는 듯 멍한 느낌이다. 잠수함 창밖으로 유영하는 각양각색 감정의 어류들을 보는 기분이다. 진공상태인데도 두 녀석이 집에 있으니 푸근하고 뭔가 안심이 된다. 며칠 지내고 대전으로 내려간다는 말에 가슴 한편이 서늘해진다. 잠수함의 토끼처럼 나는 예민하고 소심해진다. 자식이라는 여울, 아들이라는 바위, 미래라는 소낙비를 생각해보는 저녁이다.

고백

담담하다. 이 감정의 발원지가 궁금하지 않다. 아니, 알게 될까 두렵다. 체념의 후유증일 것이기 때문이다. 출세하고 싶었다. 맹목으로 오염된 탐욕은 아니었다. 나는 성과주의자라고 고백해야겠다. 한순간도 허투루 시간을 보냈다는 느낌이 올라오면 짜증 나고 조급해진다. 그 덕분에 직장생활은 욕심을 절반이나마 채울 수 있었다. 강박에 가깝다. 성과를 낸 결과도 없으면서 자신을 채근하고 무리한 목표를 반복하며 공상에 빠진다. 결국 속물이다. 아마득한 것들을 탐내고 아쉬워하고 한탄하고 비관하며 애당초 없는 재주를 쥐어짜느라 건강을 해쳤다. 시가 나를 괴롭힌다고 실토하면 비웃음이나 살 짓이다. 문단 생활이라고 할 것까지야 일천하지만 돌이켜보면 나는 숫기도 없고 기웃거리는 주변인이었다. 어설픈 재능보다 지독한 저주는 없다고 실감하곤 했다. 이토록 나를 괴롭히는 어설픈 재능이 내게 있기는 있는지조차 확신할 수 없으면서 이런 용렬한 말까지 한다.

　출세하고 겸손을 자랑하고 싶었다. 일부 몰염치한 사람들을 보고 배우며 우아하게 처신해야겠다고 다짐했다. 한껏 겸손함을 내보이고 돌아오는 길에 빙그레 웃으며 나 자신을 칭찬하고 싶었다. 유명 시인이 어떤 기준인지도 모르면서 이름만 대면 상대가 알아주는 모습을 그려보곤 했다. 문예창작에 관한 정규 교육도 받지 않았으면서 강단에 서는 모습을 어설프게 상상하다가 혹시나 누가 알까 부끄러워 몸을 움츠리곤 했다. 그런 제안이 올 때마다 비슷했다. 부질없는 반복이다. 반복할수록 내 어리석음을 명확하게 보여줄 뿐이다. 1,400여 편이 넘는 시 나부랭이 따위와 각종 산문, 잡문을 도거리로 외장하드에 모았더니 묘하게도 든든하다. 나 없으면, 내 주변의 눈 밝은 사람이 찾아주겠지 하는 기대 아닌 기대도 한다. 죽어 없어지고도 무엇을 탐내는지 어리석을 따름이다. 자청한 탁류였다. 출세한대도 기쁘지 않을 것 같다. 모두 허상이었고 이제 어렴풋이 그 실체를 짐작해낼 수 있겠다. 죽기를 작정하면 호흡을 얼마나 멈출 수 있을까. 호흡을 중단하는 시간 동안 내가 바라는 것들을 써내고 이루어진다면, 악마가 내게 그런 제안을 한다면 나는 영영 회생하지 못할 것이다. 나는 현명한 척하는 바보였다.

감정의 이산(離散)

이십 년 가까이 도둑을 키웠다. 누구에게 물었는지 손을 대는 것마다 오랜 세월 가꿔온 귀중품이다. 어느새 한 보따리 챙겨나가는 것이다. 그 안에는 걱정으로 뒤척거리던 밤들, 뿌듯해서 횡재한 듯 흘린 웃음 송아리, 천지가 새로 생기는 것만 같던 희열이 퇴색하지 않고 오롯하다.

어리숙하고 다만 열심인 뻐꾸기 아비였다. 부모만 자식을 키우는 것인 줄 애달파했으니 어리석었다. 아이는 세상이 키운다. 걸음을 뗄 때부터 스스로 부딪히고 익히며 성장하는 일이었다. 어떻게든 품에 넣으려 했다. 겪어보니 험난한 곳이라서 생채기라도 생길까 걱정만 했다. 돌아보면 나는 어리석어지려고 열심이었다.

막내는 강릉으로, 장남은 대전으로 가게 됐으니 우리 식구 흩어지나 보다. 둘 다 자취를 한단다. 처음엔 간단한 취사도구를 챙기더니 아예 한 살림 차리게 생겼다. 장남은 그나마 끼니를 해결할 방법이 있어서 다행이다 싶은데 학교 근방에서 자취하겠다는 막내가 은근 걱정이다. 엄마와 하나하나 품목을 챙기더니 커다란 택배 상자 세 개를 채워 보냈다. 아내는 밑반찬 마련하느라 종종걸음하게 됐다. 이래저래 아내만 고생이어서 미안함이 줄지를 않는다.

아들들의 노력이 아쉽다. 실력이 월등해서 번듯한 재벌회사에 들어가기를 바랐다. 전공을 살려 안정된 직장으로 가기를 막내 등짝을 볼 때마다 바랐다. 연장 가방 짊어지신 아버지와 나란히 집을 나서던 신입사원 시절을 떠올리며 내게 그런 행복까지는 힘들겠다 싶어 시무룩해진다. 취직해봐야 대부분 박봉에 계약직이고 맘껏 해고를 해도 합법인 세상이다. 아침에 출근하는 아들들의 뒷모습을 바라보는 장면은 속물 아비의 그림일 뿐일까.

택배 상자를 보며 그만한 부피가 내 감정의 제방에서 빠져나갔음을 느낀다. 감정의 홍수다. 우울증 때문인지 나는 부장품을 다 털린 무덤의 주인 같다. 공연한 허전함에 맴돌다가 사진만 찍는다. 제방이 허물어지기까지야 아니겠지만 먹고 살기 각박한 세상이 원망스럽다. 싸운 것 같은데, 분노가 일상이었는데 돌아보면 매번 패배하는 세상이다. 아들들에게 지는 법을 가르쳐야 하나, 피해를 최소화하는 꼼수 아닌 처세술을 아비랍시고 잔소리해야 하나 막막하다.

2부

청산도로 갈까

꽃은 무릎으로 봐야 한다. 허공을 차지하고 열흘 남짓 양보하지 않는, 양보하라 말하기도 무안한 벚꽃 말고 민들레 따위나 제비꽃을 무릎으로 봐야 봄이 올라온다. 고것들에게는 시린 기운을 떨치지 못하면서도 스스로 일찍 나온 거 아닌가 머뭇거리는 소심함이 있다. 날은 차고 정오가 지나기도 전에 남동풍은 터지고 만사 시큰해져서 공원에 산책이나 나왔다가 귀퉁이에 의붓자식처럼 주저앉은 민들레를 보면, 바싹 마른 갈잎을 힘겹게 밀치며 보라색을 내민 제비꽃을 보면 문득 등신……이라 핀잔하고 싶은 것이다. 저 잘난 벚꽃을 반이라도 닮을 일이지 키는 왜 그만하고 촌스럽게 노란색은 또 뭐고 천방지축 똥강아지 발길질에도 꺾어질 몸매는 어쩌란 말인지 모르겠다. 그래 주머니에 손 넣고 어깨 기울이며 신발 끄는 나나 너희들이나 거기서 거기다.

아스팔트의 나른한 진회색 표정이 싫증 난다면 남해로 내쳐 달릴 일이다. 삭은 몸을 페인트로 감추고 젊은 척하는 여객선 이물에 서서 머리칼로 소금기를 받아들여 보자. 선실에 들어와 가만가만 그 눅눅함을 쓸어넘기면 해묵은 사랑처럼 손에도 무언가가 옮겨와 비릿할 것이니 알록달록한 여행객들 말고 보퉁이 올망졸망 꼭 있어야만 하겠는 것들을 사 들고 돌아가는 노인네들 안색을 살필 일이다. 그게 벚꽃 아닌 민들레요, 제비꽃이다. 일본목련 말고, 북으로만 외로 돌아 청승 떠는 토박이 목련도 잠시 잊고 태풍이 머리 위로 지나가는 세월을 견딘 섬사람들처럼 낮은 자리를 바라볼 일이다. 아무래도 청산도까지는 가야 무릎 높이의 유채와 무릎을 구부리고 앉아야 안색을 살필 수 있는 민들레, 제비꽃을 만날 수 있지 않겠나.

봄이 설렘의 계절이라는 거짓말은 누가 퍼트렸나. 봄이 오면 만나자고, 봄은 우리 계절이라고 설탕물 같은 약속은 왜 하고 갔나. 세상 다 제 것인 양 허공을 차지하고 깔깔거리던 벚꽃 때문에 시큰해져서 신발 벗어 던지던 밤도 엊그제인데 하르르 무너지는 그 팔자가 저 혼자 잘살아 보겠다고 도망간 여자 쪽박 찬 것처럼 보여 또 괜히 참담해진다. 그래, 속없는 것들이나 봄이라고 사방 물방개처럼 돌아다니는 거다. 징그럽게 한번 당해보면, 하필 눈부셔 눈물 나는 봄날이었다면 권태만 만발하는 심사를 알 것이다. 꽃놀이고 연애질이고 다 치우고 나는 청산도로 가련다. 얼핏 보면 등신 같은, 가만 봐도 먹던 떡 같은 노인네들 이마의 주름이나 슬금슬금 세면서 여객선 선실에 앉아 가련다. 못 먹고 자란 장남처럼 키 작은 소나무 허리께를 쓰윽 만져보고 유채 만발한 밭길을 걸어가련다. 한나절 안에 다 돌아보려나 모르겠다. 두어 걸음마다 민들레 제비꽃 보느라 무릎 구부릴 테니까 말이다.

보리굴비와의 대화

당신이 회상하는 시간대에서 재생되고 싶다. 들켜버릴 비린 내를 지우려 진력했으나 희미한 흔적까지 지울 수는 없었다. 각질로 전락한 비늘에 무늬들이 남았다. 바다를 부유하던 상형문자들이다. 그때와 같은 온도와 농도의 바닷물에 몸을 담그면 실토할지 모른다. 여기까지 오느라 견뎌야 했던 어둠 말이다. 경직된 근육에 갇혀버린 몸부림들 말이다.

당신이 지목하는 장소에 출몰하고 싶다. 해류보다 강력한 시간을 거슬러 오를 수 있다. 칠산 바다를 들었다 놓던 수조기들 울음소리도 외면하고 달려가겠다. 그러나 고백하건대 질긴 육질은 거기까지 달릴 힘의 원천이기 이전에 나의 갈망이다. 염장(塩藏)을 통과하는 동안 축적된 인내다. 보이지 않는다고 염기(塩氣)가 없는 것은 아니다.

보리굴비 한 마리로 늦은 점심을 먹는다. 묵언으로 누워있는데도 들린다. 짜고 질긴 음성과 대화를 한다. 간은 맞추고 살았나. 내 안에도 보리굴비보다 짠 편협과 얼음냉수 못잖은 싱거움이 공존할 텐데 식욕을 부추기는 황금비를 알아내기나 했나. 진지하기만 했거나 싱거워 비웃음의 대상으로 퇴락하진 않았나. 내 것이라 간직했던 비율을 상대의 입맛에 편승하겠다며 파기한 적 없었나.

누가 나를 규정해다오. 모자라는 커피 대신 마셔주겠다. 폭력의 재료로 삼아주겠다. 비아냥거리는 턱을 한 대 갈기리라는 오기만 남기겠다. 선혈조차 불사하겠다. 누가 나를 규정해다오. 참담한 밤에는 도피 대신 그 형틀 안으로 망명하겠다. 다시는 환한 곳에 나타나지 않겠다. 목줄을 자랑스레 내보이며 주인의 발등이나 핥겠다.

창밖으로 폭우가 몰려왔다. 나와 마찬가지로 세계는 싱겁거나 짜다. 간의 숙련도에 대한 담론은 신축성 탁월한 가설이다. 취향의 양단을 오가는 비정기 노선이다. 보리굴비는 뼈만 남을 때까지 자신을 주장하지 않았는데 나 혼자 짜다는 체험을 꺼내 삼켰다. 얼음도 서서히 녹기만 했다. 수저를 든 나 혼자 짜고 싱겁고 질기고 물렁물렁했다.

익숙해서 낯선

출세하고 싶었다. 지긋지긋한 가난에서 벗어나 부러웠던 일들을 해보고 싶었다. 부드러운 음식과 번듯한 집과 고출력 자동차를 가지고 싶었다. 남들 앞에서 겸손한 척 은근한 자랑도 할 수 있는 일을 이루고 싶었다. 천박은 말고, 남에게 상처 주지 않으면서 나를 저 높은 자리에 올리고 즐기고 오래도록 되새김하고 싶었다. 한 번도 정상인 적 없는 인생이라는 아쉬움을 한 번이라도 부숴보고 싶었다. 어떤 분야였건 거기서 제일 먼저 호명되는 사람이 나였으면 싶었다.

부러움보다 절망이 오랜 통증을 남겼다. 시기심보다 자책에 더 깊게 찔렸다. 불면보다 지겨운 것은 아침이 와도 달라질 것 없다는 자각이었다. 앞서가는 사람의 노력보다 치열했었다는 울분은 실패할 때마다 나 혼자만의 변명으로 맴돌았다. 타협보다 효과적인 진통제는 없다. 체념보다 지속 가능한 항생제도 없다. 내성보다 은근하게 감각을 덮어버리는 굳은살도 없다.

거울 속 사내가 나를 본다. 분명 나인데 타인이다. 욕망의 원자로이고 질투의 진앙이다. 물끄러미 바라보다가 문득 연민을 느낀다. 선택할 수 없었던 형질 탓이라고 변호라도 해주고 싶다. 버리려 했지만 피를 전부 갈아야 할 만큼 쉽지 않은 일이라고 위로하고 싶다. 그러나 연민은 타인을 향한 창으로 변질되게 마련이다. 변호에 익숙해진 자는 거짓말이 늘게 된다. 어쩔 수 없는 일이라는 말처럼 보온성 탁월한 외투도 없다. 위로는 모든 상처에 덧대는 반창고일 뿐이다.

만족할 줄 알아야 한다. 현재의 자리라도 제대로 다듬는 지혜가 절실하다. 위아래로 매겨진 순위가 아니라 서로를 물고 도는 순환임을 깨달아야 한다. 순위를 매긴 자도 제 범위에선 오르내리며 현기증을 느끼는 게 세상 이치다. 나는 어디를 향하는가. 얼마만큼 갈채를 받아야 흡족할 것인가. 그 모든 것이 갈증을 속이다가 부추기는 바닷물이었다면 후유증은 어찌 감당할 것인가. 이미 예감하고 있는 거 아닌가.

자동차 정비소 대기실에서 거울을 본다. 차도 사람과 마찬가지로 부품교환이 필요하고 때론 단단하게 조여야 할 부분이 있다. 그러나 나라는 존재에게는 정비사가 따로 없다. 진단과 치료를 스스로 해내야만 한다. 충고해줄 사람이야 없겠는가. 백 번의 충고보다 한 번의 실행이 중요한 까닭이다. 보고 배울 사람이 없겠는가. 질투가 눈을 가리기 때문이다. 거울 속에 텁텁

한 초가을의 사내가 당황하고 있다. 전동 렌치(wrench) 소리
가 뺨을 때린다.

숨어있는 경계들

아침에 전화 왔다. 친구 어머니가 돌아가셨단다. 연세가 많으시긴 했지만 스스로 목숨을 끊으셨다니 그 전후 사정을 아는 나로서는 죽음 이외의 당혹이 올라온다. 전화기 너머 담담한 친구의 목소리가 외려 삶의 한 단면인 것처럼 내 귀를 베고 지나간다. 자식들 입장에서 악상(惡喪)인 거다. 가신 양반 안타까워 어쩌고 홀로 남은 아버지께는 뭐라 말씀드릴 수 있겠는가. 화천에 사셨는데 경찰 조사 마치고 자식들 사는 서울 영안실로 옮기는 중이란다. 쌀 한 말 사고 돼지고기 두어 근 끊어서 놀러 갔던 곳이다. 두 노인네 음지의 버섯처럼 그리 사셨는데 물가의 흙더미 무너지듯 마감하셨다.

부고를 전하려 한의원 하는 고교동창에게 전화했더니 간호사가 원장님 침놓는 중이란다. 이름까지 남겼는데 한참 지나도 연락이 오지 않는다. 재차 걸었더니 OO 원장님을 말하는 거냐고 묻는다. 그렇다고, 학교 친구라 했더니만 그분 지난 5월에 암으로 돌아가셨단다. 돈 많고 건강하고 나름 좋은 거 챙겨 먹는 한의사가 암으로 죽다니, 그것도 벌써 몇 달 전의 일이라니 할 말이 없다. 서로가 연락도 드물게 지내다가 이런 꼴을 당한다. 대학 친구들이 왔겠지만 제수씨에게 미안하다. 딸 둘 낳고 느지막이 아들 봤다고 무척 좋아했었는데 그것들 눈에 밟혀 어찌 떠났나 모르겠다. 고교 시절엔 영 시원찮아서 우리한테 구박도 받고 그랬는데, 한의대 가고 집안도 넉넉하니 나중엔 외려 우리가 도무지 따라다닐 수 없는 곳에서 노는 바람에 소원해지긴 했지만 막역한 사이였음은 서로 부정한 적 없었다.

좀 전에 행복도시 현장에서 인명사고가 났단다. 우리가 발파 작업 하는 곳에서 다른 회사 인부가 죽었단다. 벌점은 그 회사가 먹고 우리는 비용을 지불하는 수순을 밟게 된다. 우리 회사가 벌점을 먹는 건 아니라서 다행이라는 말도 오간다. 사람 목숨이 벌점으로 매겨지는 곳에서 내가 26년째 근무 중이다. 그 유족들은 나처럼 산재가족이란 호칭을 부여받게 된다. 이럴 때마다 허망하게 가신 아버지 생각에 마음이 가라앉는다. 지금쯤 가족들은 병원에 도착해 오열하고 있을 것이다.

문밖이 저승이다. 삶과 죽음이 손바닥 뒤집는 일과 다를 바 없다. 몸살로 전신이 쑤시고 현기증 때문에 아무것도 할 수 없는 상황인 오늘 세 번이나 부고를 듣는다. 스스로 목숨을 끊은 친구 어머니, 지난봄에 먼저 간 친구, 고통을 느낄 겨를도 없이 몸이 찢어졌을 작업자 모두가 그곳에선 안온하기를 빈다. 팔순 넘기신 어머니 모시고 사는 입장에서 부고가 남의 일 같지 않다. 준공일에 쫓기며 피를 말리는 나도 하루하루가 모래를 삼키는 것만 같아 내 몸 어디서 어떤 복병이 나타날지 불안하다. 비는 그쳤는데 눅눅함은 이번 가으내 지속할 거다. 서둘러 영안실 들렀다가 늦더라도 방송하러 가야 한다. 죽음과 마찬가지로 삶도 살아내는 동안은 엄정할 뿐이다.

와온에서

질퍽한 세상, 널배라도 하나 있어야 건널 수 있겠다. 낙지는 제 육신 건사하느라 구멍을 파고 숨는다. 그러나 인간의 음모는 깊이를 드러내지 않은 표정이다. 칠게 또한 감각 안에 감춘 목숨을 유지하느라 쉼 없이 흙을 삼키고 뱉는다. 허나 거리의 배신은 가까이 다가갈 때까지 뽑지 않는 칼이다.

튼실한 허벅지라도 준비해야 밀물에 덜미 잡히지 않고 빠져나가겠다. 근육의 힘으로 목숨을 건질 수 있다면, 단지 근육으로만 되는 세상이라면 짐승으로 살아도 좋겠다. 뇌에는 근육도 없는데, 심장은 쉬지 않고 박동만 거듭할 뿐인데 나는 매번 무언가에 쫓기고 누군가를 따라가려 애쓴다. 머리로 밀물이, 썰물이 반복된다. 심장은 반복이면서 한 번도 같은 박동인 적 없다.

남해로 가련다. 보리암 들러 삼배로 몸을 씻고 마음을 건지

고 향일암 가서 참식나무 이파리들 푸르른 힘을 동냥이라도 해
보련다. 사실은 와온에 가고 싶다. 거기서 침몰하는 하루를 보
며 나는 무엇을 뭍으로 던지고 가라앉을 것인지 자문해야겠다.
갯배가 그어 놓은 금들이 밀물에 다 잠길 때까지 내 살아온 궤
적들을 돌아보련다. 다시 썰물이 되었을 때 어느 방향으로 향
한 것이 남았는지 확인하련다. 그 방향이 당신 있는 쪽이라면
갯벌로 걸어 들어가 다시는 뭍을 밟지 않겠다.

아직 살아계십니까

어제오늘 몇몇 소장들로부터 안부 전화를 받았다. 형님 어찌 지내시느냐, 전화도 자주 못해 미안하다느니, 조만간 필드(골프장)로 모시겠다느니 하는 이야기들이다. 다들 고맙다. 못난 고참이지만 유난스레 복잡한 현장을 맡아 머리 뻐개지는 상황을 알아주는 것 같아서 경력사원으로 들어와 겪었던 소외감이 조금 누그러진다. 그래, 내가 편협했던 거다. 이렇게들 따듯한 마음을 제대로 받아들이지 못했던 거다.

누가 보면 가족적인 회사라고 하겠다. 가을이라 다들 낙엽이 수북하다고 생각할 수 있지만 실상은 그게 아니다. 과장, 차장, 부장 각각 5명씩 퇴직통보가 전달됐다는 풍문 때문이었다. 30%를 감축한다는 괴담도 들린다. 얼마나 더 추가할지 아무도 모른다는 소리까지 횡행한다. 안부를 묻는 척 생사여부를 확인하는 전화였으니 반갑게 받으면서도 서늘해진다. 명랑하게 받는다는 자체가 칼날을 피했다는 뜻이 되지만 전화를 끊고 나면 이게 뭐 하는 일인가 싶다. 나보다 고참은 거의 없으니까 우선은 내 안부가 궁금했겠다. 집에 가는 사람 하나가 확인되면 자신은 그만큼 확률이 줄어드는 셈이니 전화기 너머의 온도에 민감하게 된다. 호기심이라 하자니 인간이란 존재가 야멸찬 것만 같아 서글프고 다들 비슷한 마음이겠다 넘기려니 월급에 목매고 살아온 생애가 부질없다.

87년부터 직장을 다녔으니 제법 버텼다. 맨손으로 결혼해서 아이들 키우고 한 맺혔던 집도 사고 차도 사고 꿈같았던 중산층 흉내까지 내보며 한 시절을 보냈다. 내 형편으론 어림도 없는 골프도 즐기고 직위가 주는 소소한 편익까지 만끽했다. 허나 이제 끝이 보인다. 올해는 어찌 넘어가겠지만 내년 여름에 현장이 끝나면 막막한 실정이다. 나보다 어린 부장도 집에 가게 될 것이다. 미안하고 안타깝다. 그들도 새벽같이 출근해서 어설픈 아침을 때우며 지금까지 버틴 가장들이다.

담담히 기다리는 것 외에 내가 선택할 수 있는 게 없다. 당장 업무에 매달리는 것 말고 내가 힘을 쏟을 곳이 없다. 지독한 시절을 견뎌봤으니 나야 괜찮지만 가족들에게 가난을 안겨주는 건 싫다. 가족이니 함께 이겨나가야 한다지만 지금까지 그랬던 것처럼 가장인 내가 어떻게든 해결하고 싶은 거다. 버리고 싶었던 유산이고 얼마간 버렸다고 생각했는데 숨어있다 나타나는 것 같아 심란하다. 창립기념일 포함한 3일 연휴가 생겼으니 남쪽 어디론가 달아나고 싶다. 어쩌겠나. 피할 재간이 없으니 담담할밖에. 고용된 자의 최후는 항시 이런 모습임을 증명할밖에.

남해출행(南海出行)

　섬으로 떠나련다. 머나먼 천 리라도 북서풍이 등을 밀어주는 시절이라 한나절에 당도할 수 있으리라. 어머니 가마 먼저 돌아가시라 하고는 함거(檻車)에 올라 피눈물 흘렸던 서포의 그 길을 따라 가리라. 삼천포 엄혹한 물발을 건너리라. 남해도 물빛은 예전 같지 않으리라. 바라보는 눈에 삶의 백태가 자욱하니 바다인들 선명하랴, 편백나무라고 푸르게만 보일 것이냐.

　보리암에 앉아 섬들의 수런거림을 들으련다. 담담한 것 같아도 수면 아래로 서로의 무릎을 부축해야 할 만큼 외롭다는 탄식에 마음을 보태련다. 그러다 나마저 자욱해지면 돌아서 해수관음께 삼배하고 다시 돌아서 심호흡하련다. 향일암 쪽 불길을 볼 수 있을 게다. 하늘에도 날마다 저리 쌓이는데, 태워도 태워도 불길이 그치지 않는데 사람의 일상이야 티끌에 지나지 않으리라. 바라보며 부끄러워야 마땅하리라.

물건리, 상주해변 거쳐서 망운산 허리께를 짚어보련다. 섬에 들어온 누구인들 상념이 없을 것이며 어디인들 쉬이 풀어놓고 가겠는가. 반쪽이 된 사랑을 던지고, 채울 수 없는 욕심을 던지고, 더께 앉은 미련들을 내려놓았으니 물빛이 유난한 것도 당연하리라. 나 하나쯤 더 보태도 그만이겠다. 나 하나라도 참아야지 싶다. 갯바위에 서서 주머니를 빠져나가는 것들은 모른 척 내려놓고 한사코 남아있는 것들은 지닌 채 해남으로 가련다.

김태정 시인이 홀로 목숨을 놓은 해남하고도 송지면 미황사 법당에 앉아 다시 바다를 보련다. 달마산 이마에 부딪는 해풍에 남은 얼룩을 씻으련다. 땅끝에서 나의 끝은 어디인지, 무엇인지 해송에게 물어보련다. 답을 얻겠다고 나서는 길은 아니다. 버려질 것이 없음을 알지만 버려보겠다는 마음을 비웃지 않으련다. 돌아오는 배낭엔 채무인 양 비린 문장들만 가득하더라도 가벼이 걸으련다. 버려도 내 것이고 짊어져도 내 것임을 이제는 아는 까닭이다.

미황사

다 버리고 들어오라 한다. 살을 뜯고 드는 칼로 거죽을 벗어버리라 한다. 뼈만 남겨, 뼈만으로도 앞으로 나아가야 할 만큼 간절하거든 들어오라 한다. 보릿자루 같은 뱃살은 탐식의 결과라 석 달 열흘은 금식한 후에야 가능하겠다. 흰머리는 속세의 집착이 퇴색한 잔재들이니 검은 물로 기만할 게 아니라 밀어버려야 후환 없겠다. 시린 발목은 욕망의 과부하일 뿐이다. 천 리를 걸어도 마음이 가벼우면 가뜬하리라.

단청도 아니 입고 수피도 벗어버린 서까래들이 금강역사의 팔뚝으로 보인다. 여차하면 멱살을 움켜쥐고 남해까지 내던질 것만 같아 신발을 풀다가 멈칫거린다. 나란히 뻗은 우설(牛舌)이 폐부를 관통할 듯 너울거리며 춤을 춘다.

삼배 올리고 가만 앉았다가 나오면 그만일 것을 공연한 움츠림 아닌가. 저깟 금박덩어리에게 무에 절을 올리고 소원을 빈

단 말인가. 그게 아니다. 돌덩이, 금박덩어리에게도 절을 할 수
있을 만큼 나를 비우고 겸손해야 한다. 도대체 내가 할 수 있는
일이 엎드림 말고 또 무엇이겠는가. 수그린 만큼 높아지고 인
내한 만큼 깊어진다.

　해풍에 씻기고 씻겨 섬유질만 남은 외부와 달리 내부는 화
려하다. 법의 세계가 이렇다. 관광객이면서 관광객처럼 우두커
니 앉는다. 불단 앞까지 들어와 엎드린 햇살을 본다. 누구였을
까. 치우지 않은 방석에 무릎 자국 선명하다. 보이지 않는 속도
로 방석은 평평해질 것이다. 나는 얼마나 참아야 평평해질 것
인가.

　아무 일 없던 것처럼 달마산을 본다. 이마가 잘생기신 산이
다. 노을이 저 이마에 부딪혀 산산 부서지는 광경을 기대한다.
겨우내 쏟아진 조각들이 아래로 흘러내려 동백에 맺힐 것이
다. 선혈 낭자한 이마를 밤이면 달빛이 푸르게 씻어놓겠다. 별
을 삼키다가 사레들린 구름이 저 이마에 걸터앉아 쉬곤 하겠
다. 지금 당장 저녁을 가불해줄 누구 없을까. 푸른 밤을 펼쳐줄
마법의 영사기를 구할 수 있을까. 돌아갈 길이 멀다. 올 때보다
가방은 더 불룩해졌는데 무겁지 않다.

---

　* 우설(牛舌) : 서까래 아래 커다란 풀잎처럼 내민 장식부재로 소의 혓바닥처럼 생겼다
해서 붙여진 이름

돌아보니 모두가 어제

이제 세상 어디에도 내 책상은 없다. IMF 때 회사가 망하고 퇴직금을 받지 못할 거라는 막막함과 함께 거리에 나앉았어도 절망하지 않았다. 젊었고 엔지니어로서의 능력을 믿었던 시절이다. 27년을 아침 7시 전에 출근하며 살았다. 거친 사람들과 도무지 상식이 통하지 않는 외국인 근로자들을 상대하며 인내도 배우고 때론 극단적으로 화를 내는 방식까지 저절로 체득했다. 현장에서 사람이 죽어 나가고 손가락이 잘리고 척추가 부러진 경우도 있었다. 새파란 청춘이 추락해서 다리를 다쳤을 때는 차라리 내 다리와 바꾸자고 하고 싶을 만큼 미안하고 죄아닌 죄책감에 시달렸다. 그렇게 27년을 새벽길 종종걸음 하며 가장의 책무를 다했다.

그러나 내 책상을 치우겠다 한다. 쓸모에 비해 비용이 많이드는 비품이니 버려야겠다 한다. 낡고 필요 없으니 버리고 또 필요할 때가 되면 얼마든지 새것을 구할 수 있다 한다. 파국의 예감은 상당 시간 지속됐지만 닥쳤을 때의 충격에 비할 바 아니다. 예비한다고 되는 일이 아니다. 서운한 마음과 이럴 줄 알았다는 비릿함이 번갈아 뒤통수를 할퀸다. 큼큼한 콘크리트 냄새도 이제 끝이다. 준공기한 때문에 밤잠을 설치고 철야로 안달하던 나날들도 추억이 됐다. 어느 하나 소중하지 않을 수 없는 직원들의 인사고과 때문에 인간이 가진 저울을 원망하던 밤들도 이제 내 소유가 아니다. 집에 돌아와 양말을 벗을 때마다 부스스 쏟아지던 흙먼지도 남의 일이다. 철근공의 굵은 팔뚝도, 형틀 목수의 망치질 소리도, 도장공의 허연 눈썹도 모두 시야 바깥의 일이다. 그들에게 안전이 제일이라고, 여러분도 집에 가면 아버지고 남편이며 아들임을 잊지 말고 조심하라 이르던 조회도 더는 할 수 없다.

저 많은 건물, 그 안의 숱한 책상들 중에 내 것은 없다. 공원 주변에 늘어선 고층빌딩을 보며 탄식한다. 하늘은 혼자 푸르고 맑고 높다. 나이가 많다는 이유만으로 정년도 되기 전에 조직의 힘에 맥없이 떨려 나지만 슬퍼할 권리가 남아있다. 고요히 혼자 만끽하면서 펼쳐진 늪지대를 가능한 한 빨리 건너가야 한다. 어깨에 얹은 식구들이 불안해하기 전에 건너야 한다. 발목을 적시고, 때론 허리까지 빠져서 허우적거리기도 하고 코밑을 치고 올라오는 순간도 있겠지만 건너야 하고 건널 것이다.

시월이 여드레나 남았는데 바람이 차다. 복자기나무는 붉고

계수나무는 노랗다. 나무는 아름다운 변화를 보이며 마감하는데 사람의 변화는 생각처럼 쉽지 않다. 한 시대의 마무리가 무채색이고 시고 떫고 쓰리다. 소용돌이치는 서글픔을 붉은색이라고 해볼까. 납덩이 같은 장탄식을 황금빛이라고 우겨도 될까. 돌아보니 아득하고 가깝다. 입사도 퇴사도 없이 걸어 다니는 나무가 되었으면 좋겠다.

27년 만의 퇴근

　마지막 짐을 싸서 차에 실었다. 우르르 들고나오기 싫어서 엊그제부터 박스 하나씩 옮기던 중이었다. 바리바리 들고 들어가면 집에서 맞이하는 사람인들 기분 좋겠나. 말은 줄이고 표정을 감추는 아내의 마음고생이 내게는 더 아프고 쓰라리다. 끝까지 남겨두었던 프린터 전원을 뽑고 아무렇게나 얹혀있던 초고들도 구겨버렸다. 출판사에 투고하려고 출력했었던 묶음들도 휴지통에 넣었다. 깜냥도 아니면서 남의 시에 붉은 줄 쳤던 자료들도 상대에게 보내주지 않고 버렸다. 볼 사람도 없을 건데 혹시나 싶어 둘둘 말고 테이프까지 철갑을 해서 버렸다. 치사하게도 종이와 잉크가 문득 탐난다. 저것도 다 돈인데 한 박스 가져갔으면 싶고 잉크라도 여러 개 챙겨놓을 걸 하는 마음에 이르러서는 부끄럽다. 빈자소인(貧者小人)이라더니 옛말 그른 게 없다 싶고 수양이 부족해도 심각한 수준인 거 같아 눈

꺼풀이 떨렸다. 달력에는 떠오를 때마다 적었던 메모지가 빼곡히 붙어있다. 더러는 시가 되었고 대부분은 오래도록 기다리기만 했다. 하나하나 떼어내고 달력을 접었다. 회사 행사들에 참석할 자격을 잃었으니 보는 자체가 통증일 뿐이다. 자잘한 사무용품들이 혹시라도 버려질까 봐 서랍 안에서 앞자리를 다툰다. 그래, 너희들 하나도 버리지 않으마. 반쯤 쓰다 둔 볼펜이며 뭉툭해졌다고 바꿔버린 매직펜이며 클립, 압정, 샤프심, 낡아가는 레이저포인터, 뜯지도 않은 필기구들아 너희들을 절대로 버리지 않고 외면하지도 않으마.

누가 내 삶의 보호막을 벗겨버렸나. 쓰리다. 스치는 바람에도 살점이 뜯겨나간다. 공원의 나무들이 기울어지고 좌우로 번지고 종내에는 어룽거려 하나의 색으로 섞인다. 눈물이 났지만 우는 건 아니다. 가슴속에서 무언가가 무너지고 있지만 붕괴는 아니다. 길 잃은 짐승처럼 하늘만 쳐다보지만 돌아갈 곳이 없는 건 아니다. 바람이 몹시도 차다. 오늘따라 차를 댄 방향이 반대였다. 힘차게 출발해버리면 좋았을 것을 후진으로 빠져나오느라 어색한 웃음으로 손 흔드는 직원들과 눈을 맞추는 잠깐 동안에 가을이 다 지나는 것 같았다. 오래 다녔다는 죄밖에 없으니 외면하고 싶지는 않았다. 다시 갈 일 없으면서 다시 오마고, 와야 할 거라고 해버렸다. 도움이 될 만한 선례를 남기지도 못하고 버려지는 선배지만 안녕이라고 말하기는 싫었다. 천천히 차를 몰아 돌아왔다. 반복하는 동안은 지겹지만 때론 그리워진다는 것을 안다. 쓸 일 없는 명함을 전부 다 찢지는 못하고 몇 장 남겨두었다. 여름내 화사했던 방화동 일대의 능소화 넌출이 버려진 여자처럼 몸을 흔든다. 바람에 한강도 안색을 뒤집고 마지막으로 퇴근하는 듯 하늘도 붉어지기 직전이다. 길은 자신이 어디론가 이어졌다는 증명이라도 하려는지 달리기만 한다. 따라서 달려보라고 달리기만 한다.

낯선 월요일

같은 자리에 상처가 난 사람에게 마음 기운다. 우연히 팔뚝의 비슷한 자리에 흉터가 있는 사람을 보면 유사한 기억을 공유했을지 모른다는 동질감을 느낀다. 그런 사내 둘이서 낚시를 갔다.

시절을 무시하고 몰아닥친 가을 추위에 든든히 입은 옷도 소용없었고 칼바람은 횟집에 근무한 적 있는지 솜씨 좋게 전신의 각을 뜨려 덤빈다. 요즘은 온통 덤벼드는 것들뿐이다. 빚도 없고 원한 살 일도 하지 않았던 것 같은데 사방에서 주먹을, 칼을, 몽둥이를 들이댄다. 어쩌겠나, 고개 숙이고 모자 하나 믿어볼밖에 도리가 없다. 여기까지 날 알고 찾아왔을까. 익명의 장소인데 어찌 알아보고 달려들까. 햇볕은 따듯한데 바람이 채권자 자세로 온기를 먼저 차압한다. 절반 넘게 털린 참나무들이 몸을 떤다. 제 이파리들을 호수에 흘려놓고 바라만 본다. 어서 저쪽으로 건너가라고 손을 흔든다. 썩겠지만, 캄캄한 바닥으로 가라앉지는 말라고 밀어준다.

　여명에는 입질도 없더니 햇살이 퍼지면서 송어가 올라온다. 바람을 가르며 라인이 날아가고 수면에 착지하는 순간 덥석 받아 문다. 물속에 있을 때의 물고기처럼 힘센 것도 없다. 낚싯대를 잡은 팔이 펴질 정도로 당긴다. 목숨을 걸었으니 저보다 비교할 수 없게 덩치가 큰 인간의 근육을 이기는 거다. 볼이 붉다. 사랑의 열병을 앓는 중에 수면으로 끌려 올라왔으니 당혹이겠다. 너는 짐작도 못 하겠지만 상처 없이 돌려보낼 거다. 물고기 턱에는 통점도 없으니 따끔한 바늘을 느끼지도 못할 것이다. 허나 의도하지 않은 방향으로 끌려 나올 때의 심정은 오래도록 기억에 남을지도 모른다. 송어는 제자리로 돌아가고 나는 낚싯대만 휘두른다.

　월요일 하루를 새벽부터 어두워질 때까지 물가에서 보냈다. 회의에 보고에 분주한 날이었는데 옆에 있는 동갑내기 동료도 비슷한 생각을 하는 거 같다. 우린 이제 실업자인 것이다. 분주함은 마찬가지인데 생각의 온도가 다를 뿐인지도 모른다. 일상에서 부딪는 것들과 앞으로 닥칠 것들의 차이만이 존재한다. 같은 자리를 깊게 찔린 두 사람이 하루를 떨었다. 손을 모아 비비고 고개 숙이고 때로는 주저앉아 담배를 피웠다.

보이지만 않을 뿐

우리는 악마와 공존하는 일상을 산다. 유용한 친구이고 부재 시에는 생활을 유지할 수 없을 정도로 절실한 존재다. 허나 여차하는 순간에 악마는 날카로운 송곳니를 드러내며 달려든다. 하이에나가 사냥감을 살아있는 상태로 뜯어먹는 것처럼 전신을 물어뜯는다. 재산도 남김없이 삼켜버리고 후유증에 대한 배려라고는 피 한 방울만큼도 없다. 할퀴고 지나간 자리는 평생 지워지지 않는다. 거죽이 오그라들어 흉측한 모습이 되고 비가 올 때마다 소양증이 번진다. 날이 차가워지면 또 다른 통증이 만발한다. 누구나 아는, 불이다.

어제 오후에 구로동에서 큰 화재가 있었다. 불행하게도 지난달까지 내가 근무하던 회사의 현장이다. 소장은 나와 동갑이라 동기라고 할 수 있다. 이 프로젝트를 끝내고 퇴직하기로 결정돼서 우리와 함께 나오지 않고 남아있던 참이었다. 차석으로 있는 친구도 인근에 살아서 동생처럼 지냈었다. 관리소홀이라고 몰아댄다면 할 말 없다만 아무리 교육을 하고 심지어 감시를 해도 사고는 난다. 나 역시도 주방 홈오토에서 원인불명의 불꽃이 튀어서 3세대가 입주를 늦춘 일이 있었다. 물론 그 일로 감봉도 당하고 우울증이 생겨 정신과 신세를 지고 몸무게가 10킬로 가까이 빠지는 경험까지 했었다. 온갖 방문객이 들끓을 것 같아서 소장에게는 문자 메시지만 보내고 차석에게 전화했더니 미치겠단다. 그 한마디가 모든 정황을 말해준다. 자신이 관리하는 현장에서 사람이 둘이나 죽었으니 그 심정은 오죽하겠나.

유명을 달리하신 두 분의 명복을 빈다. 내 아버지 역시 현장에서 사고로 돌아가셔서 뉴스를 보는 마음이 남과 같지 않았다. 남은 가족들의 참혹을 어찌 필설로 다 할 수 있겠나. 하늘이 무너져도 이보다는 나을 일이다. 60대의 허모씨는 예전에 인사팀장으로 근무하던 OB란다. 어떤 사연이 있기에 작업자교육장에서 잠자다가 변을 당했을까. 인생이 어찌 뒤집혔기에 팀장으로 근무하던 회사에서 화재로 목숨을 잃었을까. 다른 한 분은 40대니 아이들이 있다면 어리겠다. 부인 또한 창창한 나이일 텐데 이 험한 대한민국에서 여자 혼자 살아낼 일이 아득하겠다. 모두 다 아프다. 돌아가신 분들이 안타깝고 유족들 생각하니 마음 쓰리고 자책에 빠졌을 직원들을 떠올리니 당장 달려가 정신을 잃도록 술이라도 먹이고만 싶다. 조심하면 줄어들

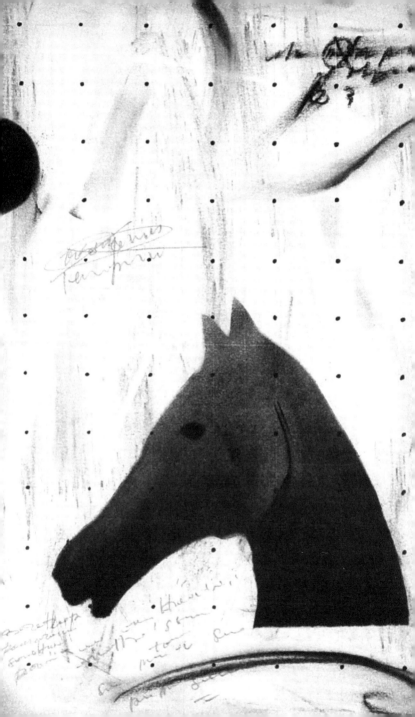

겠지만 완전히 사라지지는 않는 게 위험이다. 내 주변에는 또 어떤 참혹이 매복하고 있는지 둘러보지만 보이는 건 없다. 인생이 허망하고 살아있다는 게 거짓말 같다.

임대 혹은 무단점용

실직은 내게서 많은 것들을 회수해갔다. 직장이 팍팍하긴 했어도 만화방창한 벽화를 손으로 만지듯 살았었는데 그것들이 각각의 액자가 되어 까마득히 멀어지는 느낌만 남았다. 그리운 그림들이 내 주변을 빙빙 도는데 어느 것 하나도 다시는 손에 닿지 않았다. 온전히 내 것은 아니었던 거다. 제법 괜찮은 직장의 간부사원이었다가 어느 날 실업급여 안내를 열심히 듣고 있는 나를 발견했다. 번호표 쥐고 창구 앞에 앉아 혹시나 아는 얼굴이라도 만날까 싶어 머릿속에서 나사가 천천히 조여지는 기분이었다. 열 달이 가깝도록 재취업을 하지 못하면서 고용노동부 직원의 친절함이 단순한 친절은 아닌 것 같다는 생각마저 하게 되었다. 바보처럼 실업급여 받으러 가는 날은 제일 멋지고 단정한 옷을 꺼냈다. 소심함과 겸연쩍음의 이중주에 나는 스텝이 꼬이기만 하는 초보 댄서일 뿐이었다.

즐겁던 주말이 편안한 주말로 변했다. 평일 낮에 돌아다니기 싫었다. 남들은 다 열심히 일하는 것만 같은데 나는 왜 이러나 생각하면 속이 끓었다. 내 잘못도 아닌데 단지 고참이라는 이유로 쫓겨나면서 그나마 혼자가 아니라서 위안을 받았지만 잠시일 뿐이었다. 남들은 일 끝마치고 모이는 자리에 종일 집에 있다가 나가는 것도 싫었다. 주말이 편했다. 남들도 쉬는 날이니까 돌아다녀도 내가 실업자라는 걸 모르리라 생각했다. 바보같지만 그랬다. 칩거하고 지냈던 건 아니라도 주말이 편했다. 사실 주말에도 외출은 하지 않았다. 방송이 있는 화요일, 수요일 저녁 외에는 사람들과 만나는 일이 별로 없었다. 누군가에게 이런 이야기를 했다가 인생을 왜 그리 심각하고 병신처럼 사느냐는 말을 들었다. 내가 생각해도 그 말이 맞는데 고쳐지지 않았고 서서히 무뎌지기는 했다.

이제 실업자로서 마지막 주말이다. 월요일부터는 다시 출근이다. 직장이란 내게 경제적 버팀목이면서 동시에 문학적 피난처다. 문장이 부족하다고 느낄 때마다 대신 열심히 벌어서 식구들 먹여 살리지 않느냐고 나를 위로했다. 사유가 일천하다는 반성을 하게 될 때마다 노가다 소장으론 괜찮은 수준이라고 내게 변명을 했다. 실업 자체가 힘들기도 했지만 이런 피난처가 사라지고 문장과 정면으로 마주하게 된 상태도 견디기 힘들었다. 비겁해도 할 수 없다. 이나마 없다면 파탄 났을 성격이다. 문장으로야 겸손하게 피난처라고 쓰면서 속으로는 완충지대라고 생각한다. 문학에 다 걸었으면서 그렇다고 말하지는 못한다. 다 걸었는데 겨우 그거냐는 소릴 들을까봐 겁나는 까닭이다. 더는 없다는 생각이 들면 나 자신을 감당할 자신 또한 없기 때문이다. 어쨌든 나는 다시 출근한다. 경제적 안도감과 문학적 피난처를 동시에 얻었다. 이 또한 임대 혹은 무단점용일 테지만.

울긋불긋

사월 어느 오후를 생각한다. 저마다 새살림 차리느라 분주한데 산은 해쓱했다. 버짐 핀 얼굴처럼 병색이 완연한 것도 같았다. 사람의 심상으로는 해토머리 고단함이고 자연의 엄정함으론 시작을 위한 진력이다.

덩치 좋은 사내, 떡갈은 아직 푸르다. 시계를 멈출 수 있는 근육은 없는데 힘을 준다. 껌 좀 씹었다는 아카시아 여인은 둘러보며 망설이느라 어정쩡한 황색이다. 남자에게 두어 번 당한 경험이 있나 보다. 빚 얻어 입국한 중국단풍 아저씨는 겨우 절반이나 붉어졌는데 이 땅에 오래 살아 눈치 빠른 벚나무는 완연한 불꽃이다. 저들의 속도를 해독하지 못하겠다. 채색을 끝낸 자를 부러워하는 거라면 실존은 종말 직전에 찬란한 셈이다. 초록을 유지하는 축이 주변의 시기를 받는다면 찬연함은 청춘과 동의어가 된다.

만원버스에 실려 가는 월급쟁이들 행색이다. 흑백으로 봐야 평등할 실업자들의 집합이다. 제 살림에 골몰하느라 이제야 시절이 바뀐 것을 알아챈 허둥거림이다. 새벽마다 안개가 한 바가지씩 냉기를 퍼붓고 낮이면 챙겨놔야 쓸 곳도 없는 햇살이 무진장 쏟아진다. 본색이 무엇이냐 물으면 본적지도 모른다는 대답이 날아오겠다. 씨앗을 날리는 거리까지, 뿌리가 더듬거리는 넓이까지가 자신들 영토라는 진술 앞에 반문할 것 없겠다.

활유법(活喩法)의 세계를 주유하는 시월이다. 촌스러운데 정겹다. 의인화(擬人化)된 문장들 행간에서 물드는 시월이다. 상투적인데도 밉지는 않다. 걸어가는 나무들, 사각형이 되고 싶은 구름들, 행선지를 밝히지 않는 바람들 사이로 곰곰 속부터 붉어지는 사람들……

멜랑콜리아(melancholia)

정오 이전이라 식당은 썰렁합니다. 내게 주는 선물인 양 비싼 꼬리곰탕을 시켰습니다. 제대로 해낸 일 없습니다. 성공한 게 무엇인지도 모릅니다만 비 오시는 금요일이고 혼자 먹는 점심이란 핑계를 댑니다. 하나둘 손님들이 들어옵니다. 인근에 공사장이 있는지 페인트 묻은 작업복 둘이 설렁탕 그릇에 조아리기 시작합니다. 추가한 밥을 반으로 나눠 말고 다시 후루룩거립니다. 등이 널찍한데도 헛헛하게 보이는 까닭은 내 눈에 적적함이란 프리즘이 장착된 까닭일 겁니다. 그들의 낡은 안전화에서 지워지지 않을 얼룩을 느끼는 것도 내 안의 우묵한 자리마다 고여 있는 감탕이 번져 올라온 연유일 겁니다.

천천히 뼈에 붙은 살들을 발라 먹습니다. 푹 고았다는 안내 문구가 무색하게 살점들은 뼈를 놓지 않습니다. 생의 악력이라도 되는 양 구석진 자리마다 웅크려 있습니다. 먹어야겠다는 생각으로 힘을 주다가 문득, 시틋해서 내려놓습니다. 뼈마디 단위로 분해된 마당에도 남은 것이 있는 모양입니다. 내게도 그런 감정들이 산재했을 겁니다. 육신이 아니라 마음을 꼬리곰탕 수준으로 분해한대도 한사코 떨어지지 않으려는 욕망이 악력을 줄이지 않을 겁니다.

그리움은 배냇적 습성입니다. 외로움은 거리의 먼지가 어깨에 내려앉는 속도로 무게를 늘인 감정입니다. 아무도 그리워하지 않는 사람이 있다면 행복할까 모르겠습니다만 세상에 그토록 불행한 사람은 없으리란 확신이 더 견고해집니다. 사무실에 돌아오니 우산을 쓰고 다녔는데도 젖은 빨래처럼 전신에 무력감을 느낍니다. 발뒤꿈치가 빗물에 녹아버렸는지 걸음은 허방을 디딥니다. 바닥에 몰려있는 단풍잎들을 보면 여고 동창회에 나와 박수치는 모습이고 플라타너스 커다란 이파리를 보면 뺨이라도 한 대 맞은 것처럼 뒷덜미까지 얼얼합니다. 비설거지도 못하고 우왕좌왕하는 동안 심약함과 예민함 사이로 어둠이 몰려옵니다. 어쩌다 비 오는 금요일 점심을 혼자 먹었을 뿐입니다. 청승도 처연도 처량도 아니고 그냥, 그렇다는 말입니다.

하고 싶고, 해야 하고

　사방이 고요하다. 아무도 없는 건물은 무뚝뚝한 삼촌이다. 다가가야 켜졌다가 꺼지는 센서등은 우아한 친절이 몸에 밴 점원이다. 처음부터 켜져 있을 것이지 컴컴함에 마음이 움츠러든 다음에야 환해지는 게 싫다. 지난 금요일의 분주함과 짜증과 막막함이 내려앉은 책상들은 여전 말이 없다. 어서 앉으라고 재촉하는 빚쟁이다. 받는 만큼 일하면 잘린다고, 받고 싶은 만큼 일해야 그나마 자리보전이 가능하다고 일러주는 고참이다.

　춥다. 식은 밥 먹고 찬바람 속에 앉아있으려니 춥다. 뜨거운 국 후루룩 마시고 출근하려면 누군가를 분주하게 해야 하니 차라리 도시락을 택했다. 아침 7시면 도착하는 사무실이다. 열어놓고 먹지도 못하고 뚜껑을 닫은 채로 밥을 먹는다. 김치 한 쪽 꺼내고 얼른 덮었다가 다시 꺼내고 또 덮는다. 서둘러 창문을 열고 환기한다. 다른 직원들 출근해서 문을 여는 순간 김치 냄새가 나면 불쾌할 테니 앞문 열고 창문 열고 나는 커피 한 잔으로 냉기를 견디는 거다. 소심해서 그렇대도 할 수 없다. 추위도 이게 편한 걸 어쩌란 말인가. 서둘러 먹어야 그나마 내게 주어지는 고요함을 만끽할 수 있다. 어느 공간에서건 몰입하는 능력을 갖췄다고 위로하면서도 글이 제대로 나가지 않으니 답답하고 재촉하는 사람 없는데도 글빚에 시달리며 산다.

고요함이 반찬이고 이렇게라도 시간을 확보할 수 있다는 안도가 포만감을 준다. 아무렴 어떤가. 벌어서 가족을 부양하고 자투리 시간에 시라도 한 줄 메모할 수 있다면 행복이다. 지독했던 가난을 물려주기 싫으니 애쓰는 거다. 그래 봐야 달라질 것 없는 서민이지만 나보다는 한 계단 높은 곳에서 출발하는 아이들을 보고 싶기 때문이다. 그러나, 나도 내가 원하는 삶을 살고 싶다. 조용히 읽고 쓰고 생각에 잠기고 싶다. 스치는 한 줄을 미처 메모하지 못하고 잊어버렸을 때의 낭패감을 떠메고 살기는 싫다. 커피까지 마셨는데 오늘은 유난히 춥다. 수정해야 할 시 열 편을 일주일 내내 책상에 방치한 채로 맞이하는 월요일이다.

세 번째 세상

　물고기가 물을 떠날 수 없듯 나 또한 자본주의 물발 속에 산다. 건설회사 현장소장이란 직책 덕분에 수십억, 많게는 수백억 가진 사장들과 업무적으로 교류했다. 그들이 가진 돈의 힘, 돈의 매력을 어깨너머로 힐끔거렸어도 탐내지는 않았다. 부러웠고 종종 나를 돌아보기는 했다. 불가능한 수준이라는 건 알기 때문이다. 고급 일식집의 현란한 음식에 이물감을 느끼기도 했다. 매달 월급으로 버티는 인생은 언감생심 꿈도 꿀 수 없으니 그들의 초대에나 불려 다녔을 뿐이다.

　끝없이 나를 조롱하며 산다. 그들을 부러워하는 나의 속물근성을 경멸하고, 주제를 모른다고 비웃고, 같은 출발선이었다면 저만큼 성공했겠느냐 반문하며 좌절한다. 치사하게도 그들의 덜 채워진 학력을 들먹거리는 날도 있다. 질펀한 술자리를 끝내고 돌아오면 사나흘은 머리가 파헤쳐진 소금광산으로 변해버린다. 어느 문장도 떠오르지 않는다. 꽃도 새도 아픈 사람들도 보이지 않고 막강한 그 신용카드만 어른거린다. 눈썰매처럼 미끄러지던 승용차의 출력과 가격이 궁금했다. 자본주의는 문장의 독(毒)이다.

문장 앞에 겸허하려고 애면글면하는 나와 돈의 힘과 매력에 한눈파는 내가 있다. 번성하는 세상의 그늘을 문장으로 번역하지 못해 주저앉는 나와 가진 자들의 천국을 부러워하는 내가 있다. 어느 쪽을 버려야 하는지 안다. 버려지지 않고, 버렸다고 생각하면 어느새 뒷덜미에 매달려 있다. 두 자아를 이간질하고 때론 화해시키며 여기까지 왔다. 건너편을 조롱할 때도 사실은 도피할 곳이 없다. 부단히 오갈 뿐이다. 망명에 망명을 거듭하며 어느 한 쪽에서도 환대받지 못함을 자각할 때면 내 이중성을 증오하고 문장도 외면한다. 물성이 다른 두 세계에서 나는 완전히 용해되지 않는 이물질이다. 다 싫다고, 염증일 뿐이라고 제 삼국을 선택하려는 포로다. 위선보다는 차라리 욕망을 선택하려는 열쭝이다. 좀 더 솔직해져야 한다. 아니, 자명한 일을 고민하지는 말아야 한다. 물을 떠날 수 없다면 폐로 숨 쉬는 고래라도 되어야 한다는 게 나의 방식이고 저항이다. 돈 좀 있다는 자에게 극렬한 모멸감을 느낀 하루다.

후회

최고가 되고 싶었다. 속칭 일류라는 집단에 소속되고 싶었다. 출세라 불리는 위치에 한 발이라도 디디고 서서 그곳의 향기를 맡아보고 싶었다. 만끽까지는 바라지도 않았다. 뒷줄에 까치발로 서서라도 얼굴 반쯤 가려진 단체사진의 일원으로 남고 싶었다. 그냥 그랬다. 욕망이라면 욕망이고 헛되다면 헛된 일인 줄 알면서도, 아니 아는 척 위선으로 무장한 채로 거기를 탐내고 기웃거렸다. 최고가 되려면 생애를 다 걸어야 한다는 것은 안다. 어느 한 곳에도 전부를 걸지 못하면서, 그럴 수 없는 상황이고 용기도 없으면서 탐내기만 했다. 실체가 없는 영역이고 호불호가 극명한 선 긋기이며 스스로 규정해버려도 그만인 일인데 번민만 한다. 남들이 구축한 구름계단 중간에서 올라가지도 내려가지도 못하고 당황만 한다. 일상과 글쓰기가 서로를 방해하지도 격려하지도 않고 동시에 하향 평준화되는 중이다.

　일주일을 한 줄도 쓰지 않고 보냈다. 하루라도, 한 줄이라도 쓰지 않고는 견디지 못하는 내게 드문 일이다. 그럴 수 있다면 이깟 잔재주를 버리고 싶다. 엉뚱한 생각으로 업무를 망치거나 대답을 제때 제대로 하지 못하는 실수와 결례를 반복하기 싫다. 글쓰기라는 방패 뒤로 숨곤 했던 지난날들이 한심스럽다. 그 부실한 방패는 타인들에게 뒤편이 훤히 보였을 것이기 때문이다. 자신감을 잃어버렸다. 자신감이란 사실 자생적이라기보다 주변에 의해 이식된 감정에 가까우니 평상심을 잃어버렸다고 해야 정확할 테다. 가진 자신감도 없었고 앞으로도 생길 것 같지 않다. 부사(副詞) 같은 존재감이고 나날들이다. 남들이 봐선 없어도 그만인데 나는 왠지 있어야 할 것 같은 느낌이 반복된다. 내가 전부이고 우주인데 타인의 거울에 비친 모습에 절망하고 움츠린다. 울적해 하는 누군가에게 했던 충고들이 내게는 듣지 않는 약인가 보다. 그에게도 보탬이 되지 않았을 일이다. 저녁이면 멍청하게 TV 앞에 앉아 있는 내 모습을 내가 인정할 수 있었으면 좋겠다. 나에게 후회란 소멸되는 것이 아니라 잠복과 발현을 거듭하는 포진(疱疹)이다.

노가다라는 직업

　퇴근 시간 지나서 철근 오야지로부터 이백만 원만 보내달라는 전화가 왔다. 철근공 노임이 오백만 원 조금 넘는데 오늘 당장 다 주지 않으면 내일 나오지 않겠다고 고집을 부린단다. 경리는 퇴근했는데 어쩔까. 아이들 등록금 냈으니 그만한 현찰이 있을 리 없지만 집에 전화해도 받지 않는다. 지하철 탔다는 직원더러 돌아오라고 했다. 난 국민티비 첫 임원회의에 가야하는데, 이미 30분 이상 지각인데 고민하다가 일단 사무실을 나섰다. 꽉 막힌 올림픽도로에서 처리됐다는 전화를 받았다. 내일 작업은 무리 없이 진행되겠다고 안도했다. 기간도 모자라는 판에 추석 앞두고 하루하루가 눈썹이 타들어 가는 심정이다.

　아침에 출근하니 어제 난리를 부렸던 철근공들이 나오지 않았단다. 노가다들 빤한 행태다. 노임 나왔으니 한 잔 걸치고 쉬는 날이다. 한 사람에 백만 원 남짓한 금액인데 한심스럽고 짜증도 난다. 일당 18만 원인 사람들이 그만한 돈에도 하루를 쉰다니 그래서 언제 가난을 벗어나나 싶다. 삼십 년 가까이 시달리는 노가다 곤조가 새삼스레 역겹다. 돈 먼저 주는 놈이 바보고 먹는 게 퇴직금이고 목소리 큰 놈이 형님이고 떼먹고 도망가면 그만인 이 바닥을 여태 떠나지 못하는 내가 한심스럽다. 어딘가 이런 습성이 물든 건 아닐까 덜컥 겁이 날 때도 있다.

정작 서글픈 건 그들이 가지지 못하는 항상성이다. 요즘처럼 일이 많은 시절에는 금값이었다가 경기가 죽으면 꼼짝없이 집에서 놀고 인력시장이나 기웃거려야 한다. 나름 기술자들이라서 새벽에 인력시장으로 자신을 팔러 나가는 일에 모욕감을 느끼는 사람들이다. 그들에게는 예측 가능성이라는 것도 없다. 하루를 내다볼 수 없으니 생활 자체가 주먹구구로 돌아가게 되고 당장 내 앞의 현찰에만 몰두하는 습성이 생긴다.

수요와 공급은 상품에만 적용되는 원리가 아니라는 현실을 수긍하면서 비린 뒷맛은 어찌지 못하겠다. 노임 받았다고 하루 쉬는 걸 욕할 게 아니라 노임 받고도 쉬지 않을 수 있는 환경을 만들어야 한다. 능력 없으니 말만 이렇게 한다. 어떤 경우라도 가까이 지켜보는 사람은 그 대상을 이해하게 마련이다. 잡놈들이라고, 평생 철근이나 짊어지고 살라고 짜증을 내다가 돌아서며 마음이 무거워진다. 그들만의 죄는 아닌 것 같다. 비 쏟아진다. 핑곗김에 작업자들 죄다 들어가면 어쩌나. 그들도 나도 걸어 다니는 천수답이다.

3부

우중산조(雨中散調)

우산 하나 사주고 올 걸

좋아하는 분홍으로 내밀면 그렁그렁 바라보다 눈 감추고 받지 않을 테니까 툭툭 털어 펼쳐서 손에 쥐여주고 돌아섰어야 했다.

괜찮다고 웃어줄 걸

이별이 흔한 시절이라 소유도 불분명한 생채기들이 난무한다고, 연속극 주인공인양 단단한 웃음을 보여줬어야 했다.

서둘러 가라고 채근할 걸

연애 한 번 못 해본 주변머리의 바람이 자발없이 사나워 찔레꽃 이파리 같은 치마 다 젖겠다고 때늦은 걱정할 게 아니었다. 마지막에 하는 한 마디만 했어야 했다.

잘한 것 없는 세월이었다고 바짓단이 발목을 휘감는다. 연귀가 어긋나고 균열이 번질 때마다 올려다보았건만 응답 없더니 깨트리고 돌아섰을 때야 도와줄 테니 전부를 지워보라고 퍼붓는 하늘이다. 격정만 지속된 건 아니지 않으냐고 잦아들었다가 격렬했다가 횡으로 몰아친다. 창밖으로 분홍우산 하나가 건널목에 서 있다. 차도 없는데 신호등도 없는데 사람을 기다리는지 건너가면 끝이라도 나는지 검은 바지 다 젖었는데 머뭇거린다.

씩씩한 척 한참을 걷다가 모퉁이 돌아 들어온 카페
맥 놓고 앉아 있다가 창밖 분홍우산 쓴 여자가 돌아보는 순간
마주친 눈길

뜨거운 얼음

부채가 입추와 말복 사이를 왕복합니다. 얼굴 쪽으로 잡아당길 때는 입추 지났으니 싶다가 후텁지근한 바람이 뺨을 문지르는 순간 말복이 남았지 하며 밀어냅니다. 뜬금없이 시골길을 떠올립니다. 이즈음이면 벼 이삭 패는 냄새가 늘어선 배롱나무 사이사이를 텁텁하게 채웠을 겁니다. 혼기 놓치고 화장만 늘어가는 고모처럼 칸나가 담벼락을 혼자 지키며 경운기 지나갈 때마다 촌구석을 떠나겠노라고 얼굴 붉히겠죠. 벼도 꽃이 핀다고 말해주었을 때 신기하다며 차창 밖으로 고개 내밀던 모습이 선명합니다. 하얀 뒷목으로 난반사 되던 햇살이 보석보다 찬란했습니다.

부채가 오수와 권태 사이를 오가며 밀정 노릇 합니다. 졸음이란 권태가 퍼트린 병원균이라며 귓불을 간질입니다. 권태란 철학적 나른함인데 졸음 때문에 침이나 흘리는 꼴이 됐다고 비난합니다. 부채를 놓을 수 없는 나는 둘 사이의 등거리외교에 골몰하느라 떠 놓은 냉수가 데워지는 것도 잊었습니다. 삼복에 홀로 냉기를 가졌다는 죄인지 맑은 피를 흘립니다. 땀은 무엇인지요. 삼복에 나 홀로 서늘한 심장을 가졌다는 형벌인가 하다가 통속도 이 정도면 병증이다 싶어서 부채에 힘을 줍니다. 은유가 늘어지며 긴장을 잃고 흔한 환유의 세계에 빠져 나만의 상징들 사이로 자맥질을 합니다. 그런 상념들이 더위와 함께 지속되고 반복되고 소나기로 출몰합니다.

거기도 더위가 극성일 테지요. 뒷산 자작나무 숲에 들면 덜하려나, 계곡물에 탁족하는 동안은 시원하려나 곰곰 생각인지 염려인지 멈춰지지 않습니다. 해거름에는 저수지 제방을 걸어 보는 것도 괜찮겠습니다. 더위에 게으름 떨던 벌 나비가 망초 사이로 분주히 오가는 모습에서 나를 발견할지도 모르겠습니다만 괜찮습니다. 감정에 게으른 게 아니라 머뭇거렸을 뿐임을 이제는 서로 안다고 믿습니다. 모자라서 서운한 게 아니라 다 꺼내지 못해서 아쉬웠을 뿐이라고 생각한 후부터는 불안보다 조급증이 커졌습니다. 당장에라도 달려가야지 하다가 명주수건에 이곳의 골바람이라도 적어 보낸 연후에 행장을 꾸리렵니다. 펼치면 사늘한 바람이 흘러나올 겁니다. 봄에 말려두었던 산벚나무 꽃잎을 한 움큼 넣었으니 화르르 무릎을 덮을 겁니다. 사내가 이리 세심해서 어디에 쓰겠나 하지 말고 내게는 이리 세심하니 다행이다 여겨주면 되겠습니다. 말복 지나고 아흐

렛날이 칠석이니 유행가처럼 가겠습니다. 살아내고 보니 통속보다 절실한 것도 없습니다. 여름을 함께 한 부채에 붓질로 쑥부쟁이 몇 촉 심어 갑니다.

목신(木神)의 오후

　당신이 부르면 손짓하겠다. 지체 없이 응답하려니 무안해 지나는 바람 탓이라고 돌리겠다. 하늘로 눈길을 돌리며 웃음 감춰야겠다. 지난가을 당신이 내 둥치의 심장 그림들을 가만가만 손가락으로 짚던 순간을 기억한다. 번개가 지나가는 느낌이었다. 당신은 노을이 호수를 물들일 때까지 혼자 앉아있었다. 몇 마디 던지고 간 그 사내의 넓고 무심한 뒷모습과 대비되어 동그랗게 움츠린 당신 어깨가 떠오른다. 춘설에 젖은 내 어깨가 허물어진다. 당신을 보는 순간 사랑을 예감했다. 한 걸음조차 당신에게로 달려가지 못하는 나는 다만 기다리는 힘만을 가졌다. 백 년 뒤의 봄날을 위해 물을 길어 꽃봉오리를 키우고 이파리를 양껏 준비하는 중이다.

　가지마다 춘설을 챙겨두었으니 염천에 마련할 그늘에 희석하면 서늘할 것이다. 꽃도 없다고 당신이 아쉬워할 거 같아 설화(雪花)로 가득 피웠으니 벚꽃의 화사함을 능가할 것이다. 지금까지 내 가지 아래에서 남용되던 약속과 속삭임을, 당신을 현혹하려고 표절하지 않을 것이다. 묵언은 나의 미덕이라서 신록을 올리며 희망을, 그늘을 펼치며 배려를, 단풍으로 진솔함을 당신께 보여주겠다. 나의 그늘은 평등하지만 당신에게는 오래 울어도 좋을 푹신한 곳을 알려주겠다. 어두워질 때까지 울음을 그치지 못한다면 사랑의 별 금성이 보이도록 가지를 들어주겠다. 실토하건대, 나는 사랑에 실망하고 스스로 이승을 등졌다. 백 년 구천을 떠도는 천치였다. 사랑이라는 못된 버릇을 버리지 못해 목신(木神)이라 사칭하다가 첫눈에 무너진 당신을 기다리는 바보이다. 당신도 오래 울었던 날이 있으면서 다시 이 자리를 서성이니까. 당신에게도 못된 버릇이 느껴지니까.

중문(中門)

냉기도 이곳에선 창검을 내려놓는다. 천군만마로 틈새를 비집고 들이닥쳤다가 무방비의 온기 앞에 외려 당황한다. 상처 없이 몸집만 키운 온기도 바깥으로 나가려다가 멈칫한다. 확신이 섰느냐는 물음 앞에 망설이고 있다. 냉기와 온기가 서로를 밀치다가 끌어안다가 밍근하게 맴돈다.

바다도 단물도 아닌 기수지역이다. 바깥이 쓴맛 도는 바다라면, 삼각파도가 난무하는 바다라면 안쪽은 호숫가이다. 가끔은 노래가 들리고 웃음이 피어나고 봄날만 지속되진 않아도 뭉친 어깨 근육이 풀어지는 온천이다. 세상 모두가 죄라고 힐난해도 여기서만큼은 이유가 있었을 거라고 다독임을 받는다. 죗값이 필요하다면 함께 가자고 등을 두드려준다. 무작정은 아니라도 내 편인 거다. 내 편들이 있다고 안심하며 들어설 수 있는 자리다. 세상 사람 모두에게 비난받을 일을 저질렀어도 맨 마지막에 나를 비난할 사람들이 안쪽에 있다.

　마음에도 중문이 있었으면 좋겠다. 들어오는 냉기를 막아주고 빠져나가려는 온기를 다잡는 현관 앞 중문 말이다. 바깥으로 나가려는 사이에 한 번 더 생각하게 해주겠다. 들어올 때는 신발을 벗으며, 중문을 열며 바깥의 날카로움과 번다함을 털어낼 수 있겠다. 미움을 불쑥 꺼내지 않도록 중문이 있으면 좋겠다. 사랑도 한 박자 숨을 고른 후에 고백할 수 있도록 마음의 중문을 달아야겠다. 상대에게 비겁하다 말하겠지. 활짝 열고 다가서는데 무슨 소리냐고 안타까워하겠지. 어디이건 손을 맞잡은 후에, 포옹을 풀지 않은 채로 문을 닫아버리자고 하겠지. 못질까지 든든하게 해버리면 어떠냐고 웃겠지. 머뭇거리는 나는 결국 못 견디고 나갈 테니까 기다려달라고 눈짓하겠지. 열어젖혀서 단박에 다 알아버리기보다는 한 번은 숨고르기를 바란다. 당장 뛰쳐나가기보다는 중문을 핑계로 자신을 돌아보면 좋겠다. 저녁마다 문단속하며 마음의 문들을 생각한다. 경첩은 원활한지, 바깥 면이 더럽지는 않은지, 손잡이가 망가진 건 아닌지 잠깐이나마 돌아본다. 마음의 문이란 전부가 동시에 열리지는 않는다.

11월을 맞으며

활엽수 많은 산이 좋다. 바람 소리 찰랑거리고 이파리들 사이로 부서져 내리는 햇살의 찬연함이 좋다. 그 예리함에 관통상을 입으면 피가 새로 돌고 전신이 시원해진다. 오르내리는 사람들 몸매만큼이나 서로 다른 몸피가 흥미롭다. 같은 듯 다른 표정들처럼 이파리들도 초록이란 공통점 말고는 미묘한 차이가 있다. 한 번씩 잡고 올라간 자리마다 매끈하다. 부대낀 흔적이다. 비탈길마다 뿌리가 드러난 모습도 보인다. 우연과 불행은 동행한다. 교목이 무성한 계곡도 좋다. 물소리와 햇살의 합주가 좋다. 포말과 함께 산란(散亂)하는 빛의 영롱함보다 청량한 음료수는 없다.

활엽수 같은 사람들 사이에 있어야 편하다. 감추지 않고 나 이렇다며 벌건 모습에서 친근감을 느낀다. 작년에도 같았다고 담담한 노랑에서 어른스러움을 배운다. 몸의 일부가 툭툭 떨어지는데도 고개 숙이지 않는 의연함을 본다. 무엇보다 있는 그대로 받아들이는 자세가 부럽다. 적응이라 말하려니 가멸찬 시간이 있었을 것 같아 안타깝다. 순응일 거라고 체념하려니 무능의 가면 같아 마뜩잖다. 보편적 비겁을 바탕으로 순리라고 해버렸다. 활엽수도, 상록수도 순리다. 대지에 뿌리를 내린 것들의 운명이다. 그래도 나는 활엽수가 좋다. 움직이지 못하니 무엇으로 존재의 고단함을 표현할 것인가. 말할 수 없으니 쌓인 슬픔과 기쁨을 어떻게 전달하겠는가. 붉게 노랗게 각자의 도정을 말하는 중이다. 해석은 보는 자의 몫이니 나는 나대로 올해의 인연과 맞춰 기록하련다. 내가 활엽수인지 확신하지도 못하면서 나무들의 솔직함만 흥겨워한다. 거기 섞일 자격이 되는지 점검해야 할 11월인데 흥청거리기만 한다.

금빛 물결

초록의 연귀가 헐거워진 시간이네. 몸마저도 마디가 느슨해졌네. 한철 진력했다는 증거일 텐데 모반의 작당으로만 여겼네. 정한 곳 없어도 갈 길 멀어 다급한데 주저앉자고 뒷무릎을 당겼었네. 어루만지는 듯, 실상은 어깨를 짓눌렀네.

초록의 연귀가 헐거워진 까닭에 사방으로 붉음이 누설됐네. 금빛이 출렁거리네. 환금(換金)도 되지 않는데 바라보는 사람마다 부자 안색이네. 내게도 샘이 있어 해마다 이즈음엔 신물이 넘어오듯 붉은 물이 올라와 엎질러지네. 궁색할 때는 보이지도 않던 금빛 물줄기가 앞서 흘러가네. 가난한 거리를 찬연하게 도금하네. 뒷모습이 기울어진 사람들마저도 화려하게 채색하네. 보름 남짓이라지만 기꺼이 수긍할 수 있는 사기극이네.

애당초 승복할 일이었네. 이쯤에서 접자고 만산이 홍엽일 때

못 이기는 척 완상에 빠질 일이었네. 천지가 저리 붉은데, 거리마다 금빛이 물결로 밀려가고 밀려오는데 나는 어쩌자고 걸음만 재촉했나 모르겠네. 이쯤에서 쉬어도 그만일 것을, 몇 걸음 더 가봐야 폭설에 길 막혀 우왕좌왕 주변이나 돌아볼 것을 나는 누설된 붉음마저 끝물일 때에야 즐겨보자고 뒷북을 치네. 흡족하지 않았더라도 내년이면 또 벌어질 일을 올해가 마지막인 양 생청 부리네. 빤한 일을 겁냈고 당연한 일을 고집 부렸네. 작년과 같은 투로 보낸 셈이네.

가을비의 난도질로 끝장난 거리를 서성이네. 왜바람 소리와 풍경의 삐걱거림 사이로 흘러내리던 붉음도, 금빛도 사위고 없네. 11월은 11월이구나 싶을 즈음에 이미 끝물이네. 해마다 한 걸음 늦는 것은 성마르고 잡을손 뜬 내 탓일 뿐이네. 못 견디는 나의 계절이라고 언구럭 부린 한 달 전이 무색하네. 시간은 엄정한데 내가 늦고 빠르면서 핑계만 대네.

긍긍(兢兢)

지나치게 달면 비리고 너무 쓰면 뒷맛이 외려 달게 느껴집니다. 감정의 극치란 이렇게 반대편으로 넘어가는 순간 아니겠습니까. 사랑이 그렇고 미움도 마찬가지고 삶의 모서리들 또한 건너가는 순간의 감정들이라고 말하겠습니다. 어쩌면 건너가기 직전의 갈등과 두려움과 예감들이 우리를 허약하게 만들고 주위를 둘러보게 합니다. 주변에 누가 있겠습니까. 위로에 있어 에두른다는 것은 조심스러움의 노출이고 단언함은 애정이 덜하다는 증거로 오용되기도 하는 까닭에 우리는 오랜 시간 혼자이고 가끔 누군가와 함께 술을 마십니다. 외롭다고 말하느니 침묵하겠습니다. 비루한 자신을 견딜 수 없다고 침울해하느니 샤워라도 하고 물끄러미, 거울 속에서 무너지는 나 자신을 바라볼 일입니다. 억지로라도 웃어버리면 또 기분이 그리 환기됩니다.

짧은 오후의 양광(陽光)에 나앉아 손톱 발톱을 깎아놓고 바라봅니다. 초승달 모양이고 아라비아 환도처럼 보이기도 하고 짐승을 잃어버린 사내의 유물로 느껴지기도 합니다. 짐승이었던 적 언제였고 짐승이기는 했는지 자신도 없으면서 포효를 꿈꿉니다. 간헐천으로 치솟는 감정들이 멸종한 것은 아니라서 버리지도 못합니다. 내 것이라는 확신도 없습니다. 나는 조금씩 얌전해지는 중입니다. 서서히 온순함을 익히고 있습니다. 학습시킨 주체를 모르기에 본래 내 것인가 하는 의혹이 생길 때마다 고집과 수긍의 양단을 번갈아 바라봅니다.

웃자란 비루함을 어쩌지 못해 불안합니다. 결단의 낫이 내게는 왜 유전되지 않았는지 한탄스럽습니다. 우리는 모두 누군가에게 타인이고 익명이며 하찮은 존재지만 또 다른 누군가에게는 가장 소중한 존재 아니겠습니까. 이 양단에 걸쳐진 외줄 위에서 비틀거리는 중입니다. 허접한 담론 뒤로 몸을 숨기면 조금은 편안합니다만 포기하겠습니다. 겨울이면 산은 근골을 드러내고 묵언을 시작합니다. 나무도 부산스런 이파리를 떨구고 안거에 들어갑니다. 나는 또 어디에 몸을 숨겨야 현실이라는, 통념이라는 포수의 총구를 피할 수 있을지 모르겠습니다.

angel-in-us

어둠은 머뭇거리는 사람들의 벤치

　이파리를 펼칠 말미도 없이 전지당한 플라타너스가 당혹으로 굳어가는 거리를 내려다본다. 마음을 꺼내기도 전에 거절당한 사내의 몸짓으로 창가에 앉는다. 견고하다는 것은 용해되지 않는다는 뜻보다 부서질 거라는 예감에 가깝다. 어두워지는 것은 천공의 운행보다 사람의 일, 어둠에서 안식을 구하는 것은 어딘가 균열이 번진다는 예후(豫後)다. 인내라는 바늘도 없이, 망각이라는 봉합사도 없이 당황을 숨기고 혼자 앉아 유리창의 반영(反影)을 본다. 낯익은 사내가 빙그레, 아직도 사랑 따위에 흔들리느냐고 웃는다.

밤은 허약함을 숨겨주는 범용성 장치

　네온은 사랑에 빠진 적 없어서 현란함을 유지한다. 빠지지 않아서 깔깔거린다. 바람에서 물비린내가 났으니 자리를 털고 일어나 거리로 나섰을 때 비가 내리면 좋겠다. 눈을 감고 걸으면 자동차 바퀴에 빗물 갈리는 소리가 파도 소리로 들릴 것이다. 말릴 틈도 없이 뛰어드는 사고보다는 종말을 예감한 코끼리처럼 천천히 물로 걸어 들어가는 자세를 유지하고 싶다. 팔을 벌리겠지만 포옹을 예비하는 것은 아니다. 아무것도 보고 싶지 않아서 눈을 감는 게 아니라 당신을 통해 전부를 보았으니 더는 눈이 필요치 않다는 뜻이다. 내 안에 천사가 있다면 지금부터 나를 외면했으면 고맙겠다. 당신 내부에 깃든 천사가 깨어있다면 내 사랑을 복기하라고 전해주기 바란다. 내 안에서 천사라 고집부리는 날개여 안녕이다. 그대 안에 웅크린 백색 날개여 오늘 밤이 마지막이다. 우리 모두에게 주어진 날개는 절망으로 향하는 항로 하나만 입력되어 있었다.

연기(緣起)

　나는 해체와 결합을 반복하며 낡아가는 중이다. 길지 않은 산사 초입을 지나는 동안 꿩 울음이 일으킨 가슴의 균열 사이로 햇살이 틈입해온다. 눅눅한 자리를 진맥하면서도 진단은 없다. 균열 사이로 묵은 상념들이 빠져나가며 간극을 벌여놓았는지 아끼던 얼굴들도 흘러나갔다. 나는 점점 희미해지고 선명해진다. 걸음마다 어깨의 무게가 덜어지고 더해진다. 천 갈래 만 갈래로 저녁 바람을 타고 흩어진다. 대웅전 앞마당에 도착했을 때는 형체도 없이 냄새도 무게도 남김없이 허깨비가 되었다.

　해체와 결합의 반복을 통해 나는 새로워진다. 어디까지가 나인지 언제부터가 나라고 할 수 있는지 답변이 궁색하기에 타인과 눈을 맞추지 못한다. 나는 비겁해서 완료시제와 결단이 없다. 아득한 과거를 핑계로 얼버무리거나 당도하지 않은 미래라고 희미한 밑그림만 그리곤 한다.

쇠잔한 햇살은 넘어갔던 산마루를 되짚어 올라오지 못하고 개밥바라기별에게 자리를 내주었다. 초이레 조각달 안색이 환해진다. 하나가 어두워지면 하나는 환해지는 법이다. 내가 어둡고 당신이 환한지 서로 다른 부위가 환해지고 있는지 궁금증은 사라지지 않는다. 해체와 결합으로 섞이고 눈빛으로 재촉하고 흐트러지면 그뿐인 줄 알면서 법당 맞은편 마루에 앉아 두리번거린다. 머리맡 목어에게 물으려 고개를 드니 텅 빈 속에 웅크린 어둠이 험상궂게 내려다본다. 만물이 연기(緣起)이니 앉았다 가라고 정수리를 누른다.

능소화

보름 남짓 저것들을 겪어야 합니다. 적막만 장마 대신 몰아치는 뇌리에 헤살을 놓는지 바람과 어울려 수다스럽고 땡볕 아래 흘리는 웃음이 흥건합니다. 마른장마라 섶다리 끊어질 일 없겠습니다.

너 닮은 것을 심었구나 빙그레 웃으실 때는 속내를 몰랐습니다. 여름동백이라 칭하시며 너와 같다 하실 때는 새치름한 성정을 뜻한다 싶었습니다. 꽃이 옷을 입느냐며 다 벗으라 채근하시던 밤을 기억합니다. 속살이 마당의 저것들 뺨치겠다며 어루만지시던 손길을 잊지 않았습니다.

여름 동백이라니요. 뚝 끊고 돌아서면 그만일 계집이라니요. 가신 연후로 뜨락 너머 고샅만 여겨보는 애통을 짐작이나 하시는지요. 제비가 대청마루를 관통해 날아가도 놀라지 않다가 발걸음 소리만 나면 선잠이 천리는 달아나고 퍼뜩 일어나 매무새를 고친답니다.

어른들 걱정처럼 한 움큼 쥐고 눈을 문지르면 당달봉사 될까요. 떠나신 후로는 세상 보아야 할 것 없고 보이는 것 없으니 봉사와 다름 아니지만 조석으로 혹시나 마주하는 은경(銀鏡)마저 버릴 심산입니다. 쓸 일 없는 다리미와 숯도 치웠습니다. 옷고름으로 달면 어여쁘겠거니 챙겨두었던 비단 지스러기도 상보나 만들겠습니다.

저것들을 겪어야 합니다. 베어버리지 않고 끝내 버텨내겠습니다. 후일 돌아오시면 한 움큼 그대와 내 눈을 문지를 겁니다. 함께라면 여생을 주저앉아 더듬거려도 좋습니다. 아니 오시면 모로 세워둔 절구대가 쓰러지듯 이승을 떠날 겁니다. 유언이야 따로 있겠는지요. 마당의 저것을 베어 한 자 크기로 토막 내라 하겠습니다. 석 달 열흘만 초분에 뉘어 애욕의 살이 스러진 후에 장작 삼아 뼈마저 화장하라 하겠습니다. 골분(骨粉)으로라도 계신 곳까지 날아가 맴돌 겁니다.

직전

행동보다 응시가 우선이면 좋겠어. 지긋한 눈길의 온도를 감지할 센서가 없다면, 있어도 작동하지 않는다면 사랑이 아닌 거지. 무작정 뽀르르 달려드는 강아지의 대책 없음에 무너진 적 많아. 사랑은 그런 것이라고 자위하기도 했어. 과연 그럴까.

기다리는 동안의 설렘보다 순도 높은 감정은 없어. 감정의 농도를 걱정한다면 그건 의문이야. 감정이 있을까 걱정스럽다면 의혹일 뿐이지. 매력과 매혹도 마찬가지야. 당신의 눈빛으로 상대를 무너트렸다면 매력일 테고 상대가 스스로 다가와 백기를 흔들었다면 매혹인 거야. 매력은 내가 휘두르는 강력함, 매혹은 당신에게서 뿜어져 나오는 황홀이지. 당신이 다가설 때까지 기다리는 강아지를 본 적 있어? 눈만 마주쳐도 달려오는 고양이를 본 적 있어? 매력적인 강아지 매혹적인 고양이, 이렇게 수식해야 합당하단 느낌이지.

닿을 듯 말 듯 가까워지는 순간, 손을 내미는 순간이 사랑의 절정인 것 같아. 시작되는 순간부터 사랑은 낡아가니까.

4부

당신의 저녁은 안녕하십니까

달게 자고 일어난 아침이란 결과적 행복이다. 수면 상태에서는 자각할 수 없는 까닭이다. 번민이 없어야 수면 상태로 들어갈 수 있고 건강해야 숙면을 취할 수 있다. 사회적으로, 가정적으로, 개인의 심상이 두루 편안해야 가능한 일이란 거다. 우리는 숙면을 취하고 있는가. 평소처럼 저녁상을 물리고 나서 TV 뉴스를 보다가 울컥하는 날은 없었나. 메일을 확인하다가 우연히 보게 된 화면에서 피가 거꾸로 흐르는 당혹을 경험하진 않았나. 댓글을 보며 악마는 주변에 산재한다는 절망에 빠진 적 없나. 세상 다 그렇다고 낙담하진 않았나. 이제 다시는 되돌릴 수 없을 거라는 자괴감에 가슴이 쓰리지는 않았나. 냉소가 자신을 보호할 수 없다는 걸 알면서도 단지 그것 말고는 빈손이라는 두려움을 느낀 적 없나.

저녁이란 휴식을 인지할 수 있는 시간을 말한다. 퇴근한 아비와 찌개를 끓이는 어미와 무거운 가방을 털썩 내려놓은 아이가 식탁에 앉아 두런거리는 장면이다. 겨울이라면 부지런한 태백성이 봉싯거리는 창문이다. 꼬리 긴 햇빛이 잔광으로 가느다란 눈웃음을 보내주는 여름이다. 노을이 식구들 볼을 쓰다듬으며 사윈다. 어린 것 앞세운 할아비가 바쁠 것 없는 걸음으로 소요한다. 설거지 끝낸 어미가 접어두었던 책을 펼친다. TV 앞에 앉은 아비가 까무룩 조는 동안 뉴스는 절반이 지나가고 밖은 어두워진다. 이런 모습들이다. 스스로 천천히 지나가고 있음을 알아야 한다는 거다. 소소함에서 행복과 온기와 다정함을 그러모을 수 있어야 한다. 우리가 누리던 저녁이 실종된 대한민국이다.

촛불집회에서 어느 노인을 보았다. 주름이나 구부정한 자세를 보면 칠순을 넘긴 것 같았다. 형형한 눈빛으로는 지난한 세월에 겉늙었으려니 했다. 독거노인이 적적한 참에 나오셨을까. 자식들 만류를 뿌리치고 우산까지 챙겨 오셨을까. 저녁 시간 이전부터 계셨으니 끼니를 거르신 건 아닐까. 해방 이전에 태어나셨다면 현대사의 질곡을 빠짐없이 건너오셨을 테니 젖은 구두를 말릴 햇볕이나 있었을까. 무대를 향한 시선을 거두지 않으시니 사연이 있으신 걸까. 의문이 꼬리를 물었다. 누가 이 노인을 저녁 이전부터 젖은 광장에 나오게 만들었나. 안온한 저녁은 누구에게 빼앗기고 장맛비 추적거리는 보도에 앉아 계시는가. 우리는 왜 이런 저녁을, 이런 주말을 보내야 하나

제도란 옷과 같다. 폭력이라는 추위를 막아주고 인습으로 통용되는 수치(羞恥)를 가려주어야 한다. 그러나 기능만이 능사는 아니다. 무거우면 낭패고 쉽게 헤지면 비용이 많이 든다. 자랑하면 숙맥이다. 허나 이 모든 명제의 앞줄에 입은 듯, 입지 않은 듯한 착용감을 놓아야 한다. 제도를 느낀다면 실패한 거다. 민주주의가 무엇인지 난상토론에 빠진 사회는 민주사회로부터 멀다. 모르고 살아가야 한다. 어린 것 데리고 광장에 나와 비를 맞지 않아도 자유와 평화와 개인의 존엄이 지켜져야 한다. 외치지 않아도 내 손에 내 몫이 들어와야 마땅하다. 철탑에 올라가 절규해야 들리는 세상이라면 절망이다. 민주주의 자체가 망각된 사회를 꿈꾼다. 우산 아래 구부정한 노인을 봐야 하는 광장을 우리는 버려야 한다. 그런 광장을 내버리기 위해서 우린 또 모여야 한다. 지붕이 든든하다고 자만하는 자들이여, 비는 결국 모두를 적신다.

그대도 아름다운 이유
— 박수근 탄생 100주년 기념전

마티에르(matiere)라 쓰고 더께라고 해석한다. 재질이니 질감이란 용어는 체온 없는 사전적 언어라서 감정까지 표현해내지 못하기 때문이다. 생명체의 피부를 질감이라 하지 않는다. 재질 운운하며 평가하지도 않는다. 이는 공업적 상품이나 가공된 물건에 대한 등급단위가 되거나 경제적 가치판단을 위한 눈금으로 통용된다. 단일표면의 삶은 없다. 동물이라면 피부와 핏줄의 뒤엉김이고 식물이라면 몸을 키우며 연대기를 더해가는 궤적이다. 박수근의 마티에르(matiere)는 기법의 기(技)가 아닌 살아내려는 기운의 기(氣)라고 하겠다. 가장의 부르튼 손등이라 명명하고 싶다.

안개는 없지만 빛이 사라진 그림이다. 풍경이 선명하게 드러나지 않는다. 기억의 등불을 켜야 보이는 과거가 있다. 계절이 생략된 그림이다. 마음 온도에 따라 꽃이 피기도 폭설이 지속되기도 할 것이다. 표정이 보이지 않는 그림이다. 보이지 않는 게 아니라 생의 모든 표정을 한 얼굴에 담은 까닭이다. 세상 모든 색을 섞으면 검어지는 것과 같다. 현실의 눈을 감고 보면 보인다. 내 어머니 우묵한 어깨와 아버지 갈라 터진 복숭아뼈가 화면에 오롯이 돋아 오른다. 평면화한 그림이어도 걸음을 멈추고 한참 들여다보면 홀로그램인 양 움직임이 시작되고 소리가 들리고 화가가 숨겨놓은 색들이 번지기 시작한다. 지갑이 얇은 사람일수록 소금항지 앞에 졸고 있는 얼굴의 팔자주름이 깊이 보일 것이다. 끼니때가 지나서까지 오지 않는 어머니를 기다려본 사람은 도마에 놓인 도루묵 비린내마저 반가울 것이다.

생의 더께를 깊이 고민하는 시간이었다. 노송의 불거지고 터진 껍질을 떠올렸다. 생살이 각질로 변할 때까지 새벽과 저녁이 어머니 이마 위에서 어떤 색깔로 길항했는지 생각했다. 생살이 굳은살로 단단해지는 동안 골목길에 찍힌 발자국과 시장 거리의 기다림을 주워보려 했다. 터벅거림이 소리 나지 않는 그림인데 환히 들리고 이파리 하나 없는 나목인데도 조금만 더 바라보면 봄눈이 마법처럼 솟아나지 싶어 한참이나 망설였다. 동생을 업고 서 있는 상고머리 소녀의 팔이 아플 것 같아 희미한 윤곽선을 몇 번이고 오르내렸다. 업힌 어린것이 배앓이라도 하는가 이마를 짚어보려다 멈칫했다. 초봄 빨래터에 나온 여인들의 손끝이 시릴 것만 같아서 공연히 내 양손을 비벼보았다. 또 다른 전시실로 올라가는 계단에서 바라본 하늘도 박수근의 그림처럼 회색이었지만 인사동 낮은 지붕들이 정겨웠다. 차가운 2월인데도 그 풍경 안으로 손을 뻗으면 따듯할 것만 같았다. 그대도 나도 어느 골목에선가 비루함에 고개 숙이겠지만 또 어느 날엔가는 그 골목이 아름다운 밑그림으로 떠올라 마음을 앙궈주리라 믿고 싶다. 그래서 창밖으로 흘러드는 봄이 보이는 거다.

셔터가 열렸다 닫히는 사이

　지구의 생애와 대비한다면 인생은 얼마나 짧은가. 지구가 영원을 향해 한 걸음 뗀 거리라면 인생 백 년은 점이라도 될까. 이제는 쓰지 않는 필름카메라를 만지작거리며 이런 생각을 했다. 셔터 스피드로 적힌 숫자들을 보며 찰나라는 말의 길이를 가늠해보았다. 300분의 1초로 설정하고 셔터를 누르면 셔터막이 열렸다 닫히는 그동안 빛을, 피사체를 필름이 받아들인다. 유일무이한 순간이고 장면인 거다. 수정할 수 없다는 건 되돌릴 수 없다는 말과 동의어다. 우리는 이렇게 렌즈를 통해 받아들이는 속도를 설정하고 풍경과 사랑과 상처를 저장한다. 당신의 인생이 찰나라면, 셔터가 열렸다가 닫히는 순간일 뿐이라면 그 속도는 누가 설정했을까. 1,000분의 1초라면 300분의 1초에 비해 짧으니 안타깝다 말하겠나. 조금 더 세상을 보았다고, 누렸다고 행복할 텐가. 영원이란 명제 앞에 인생의 길이를 겨루는 일은 부질없다.

우리는 모두 죽는다. 허나 언제인지 알 수 없으니 그 순간을 염려하지 않고 살아낸다. 기한을 알게 됐다면 시한부라는 말을 인생 앞에 붙인다. 몇 달 후에 죽는다면 무엇을 할 수 있을까. 무엇을 한들 후회가 남지 않을까. 짐작은 해도 실감하지 못하는 부분이다. 관객일 때는 다양한 분석과 준비가 가능하겠지만 자신이 주인공이라면 당혹과 공포를 벗어나지 못할 일이다. 시한부 삶을 살아가는 사내의 이야기를 보았다. 그는 자신의 부재에 따른 주변인의 감정과 일상을 미리 정리해준다. 자신을 정리하는 게 아니라 상실의 아픔을 떠안고 남게 될 사람들의 심장을 어루만진다. 셔터가 열리는 순간이 탄생이라면 닫히는 순간은 죽음이다. 그는 B셔터를 사용했다. 누르는 순간 열리고 누르고 있는 동안은 열림의 상태를 지속하다가 손을 놓으면 닫혀버리는 거다. 스스로 죽음의 순간을 결정하기라도 하는 양 그는 시한부 생애를 B셔터로 활짝 열고 자신의 뒤에 남게 될 모두를 담은 거였다.

잠시 그의 렌즈 각 안으로 날아온 파랑새가 있다. 조심스레 사랑을 키우려 했던 그녀를 사내는 담담히 바라만 본다. 내부 깊숙한 곳까지 안내하지는 않는다. 머지않아 폐허가 될 자리에 그녀 혼자 남겨둘 수는 없는 까닭이다. 허나 그녀 또한 나뭇가지에 앉았을 뿐이었는지도 모른다. 새가 나무를 찾았다고 거기에 둥지를 트는 건 아니지 않은가. 말없이 날아간대도 나무는 서운해하지 않았을 거다. 날아가는 존재라서 새이고 기다리며 침묵할 줄 알아서 나무인 거다. 결국 사내는 세상을 떠나고 그녀는 하나의 추억을 간직하게 되었다. B셔터로 찍은 사진은 움직임의 궤적으로 남는 것처럼 영화는 내게 시한부라는 슬픔이 어룽거린 사진이 되었다. 파랑새의 날갯짓이 내 가슴에 물결무늬로 사선을 그으며 날아갔다. 열렸다 닫히는 사이, 손가락으로 찰칵하는 소리를 듣는 순간 필름은 빛에 격렬하게 반응한다. 셔터 스피드와 필름의 감광도를 생각해보는 저녁이다. 시한부 인생이 아니라도 내가 누를 B셔터의 지속시간을 가늠해본다.

나의 분노를 당신들이 입증하라

법이란 무엇인가. 우리가 "법 없이도 살 수 있는 사람"이란 말을 하지만 이 야만의 시대를 기준으로 보면 위대한 오류일 뿐이다. 그나마 법 없으면 살 수 없는 사람들이 대부분이다. 허나 법이란 무엇인가. 법이 약자들에 의해 만들어지고 공론화되고 공인되었는가. 법을 만드는 자, 강하고 험악하며 이기적이고 때론 탐욕의 화신으로 증명되곤 한다. 해석하는 자 또한 판사, 검사, 변호사인 까닭에 그들만의 리그가 되고 정작 피해자는 관객의 위치에서 눈물을 흘리곤 한다. 물론 많은 법조인이 약자의 편에 서서 억울함을 들어주고 해결하려 노력한다. 그러나 세상은 그들의 힘만으로 바로 세워지지 않는 것만 같아 서글프고 언제 내가 피해자로 돌변할지 모르는 두려움까지 엄습한다. 누구인들 억울한 일을 당하지 않을 것인가.

입사동기를 묻는 면접관에게 택시 운전 하시는 아버지 차를 바꿔주고 싶다던 소녀, 동생 대학학비를 마련해주어야 한다던 스무 살이 있었다. 자신의 꿈이 무엇이냐 묻는데 가족의 꿈을 말하는, 백사장 조개껍데기처럼 조용히 엎드려 살던 가족이 있었다. 소녀는 굴지의 대기업 반도체 공장에 취업하고 2년 만에 백혈병으로 죽는다. 엄마 아빠의 어머니로 다시 태어나고 싶다는 일기를 남기고 소녀는 영영 가족 곁을 떠난다. 산업재해로 인정해달라는 요구를 능멸하는 대기업이 있다. 영화에서는 진성이란 이름을 쓰고 있지만 삼성이란 것을 모르는 사람이 있다면 현시대의 동반자라 부르고 싶지 않다. 그들은 악마였다. 쓰린 가슴에 냉소를 퍼붓는 파충류들을 보았다. 그들은 고용된 채 자신의 악행을 인지하지 못하는 바보였다. 가족은 좌절을 딛고 일어나 싸움을 시작한다. 누구는 투쟁이라 말하지만 나는 망설였다. 투쟁은 승패를 전제로 하는 일이기 때문이다. 이길 수 있을까? 차라리 저항이라 부르고 싶었다. 이길 수 없다는 절망감을 숱한 사건과 뉴스를 통해 학습당한 까닭이다. 저항이라 부르면 하나라도 바꾸고 약자를 위한 배려가 가능하리란 소박하고 사실은 비겁한 판단 때문이다. 영화는 반전을 거듭하며 결국 딸의 억울한 죽음을 산재로 인정받는다. 이승을 떠나는 딸과의 약속을 지킨 아버지의 눈물이 용암처럼 내 심장을 녹이는 것만 같아 여러 번 울고 목울대에 힘을 주어야 했다.

슬픔은 돈으로 환산되지 않는다. 더욱이 금액협상의 대상도 아니다. 내 아버지 역시 1992년에 산재사고로 돌아가셨다. 나는 불경기라는 허울 아래 지난가을 부당해고 당했고 퇴직금 관련한 소송을 노무사를 통해 진행 중이다. 몇 푼 더 챙기자고 그런 거 아니다. 회사에서는 직원들에게 "치사한 놈들의 배신행위"라는 말을 퍼트리는 걸 몰라서 여기까지 온 것도 아니다. 부당하니까, 억울하니까 그러는 거다. "형님들 마음 알고 있다"는 후배들의 말에 담긴 온기로 견디는 거다. 이직할 때 어떤 방해공작이 들어올지 몰라 두려우면서도 여기저기 이력서를 보내고 혹시나 전화를 기다리는 거다. 회사 논리를 정의라고 착각하지 말아야 한다. 조직에서 심어준 비전이 진정 나의 비전인지 따져보고 분리할 줄 알아야 한다. 착각하는 순간, 주입된 것들에 함몰되는 순간 당신도 영화에 등장하는 악마가 된다. 딸을 잃은 가족을 합의금이란 돈으로 능멸하는 악마의 하수인으로 전락한다.

눈물의 배후를 밝힐 수 있다면 그건 이미 눈물이 아닌 거다. 손쉽게 해결할 수 있는 슬픔일 뿐이란 거다. 나의 분노를 당신들이 입증해라. 이름도 모르는 약품을 만지다가 백혈병으로 죽었는데 그 인과관계를 피해자가 밝혀야 한다는 당신들이 지금 나의 분노를 분노가 아니라고 입증하란 말이다. 모든 장치는 고장을 전제로 하는데도 안전장치가 완벽했다는 당신들의 논리는 받아들일 수 없다. 우주선도, 인공위성도 고장 난다. 자본가와 썩은 정치인이 결탁해 창조해 놓은 이 매트릭스의 허상을 직시하지 못하고 서로가 서로를 외면하는 사회는 점점 허약해진다. 멍게처럼 정착하며, 안주하며 뇌를 버린 단순 생명체로 살아가게 된다. 동참하지 않으면 결국 자신도 외면당하는 순간이 온다. 눈물이 슬픔보다 한 걸음 늦다는 걸 새삼 실감했다. 돌아와 누운 밤에 나만의 슬픔이, 내 것인 눈물이 흐른다. 나의 슬픔을 슬픔이 아니라고 당신들이 입증해보라. 약품에 의한 것이 아니라 3교대와 야근에 따른 백혈병이라고 판결하는 장면에서 치솟은 나의 분노를 분노가 아니라고 당신들이 입증해야만 한다.

공작나비의 선택

사과를 깎던 칼로 사람을 찌를 수 있는 것처럼 공포는 도구를 환치시킨다. 우리는 어떤 형태로든 공포를 간직하고 있다. 그런 기억이 출몰하는 골목을 쓰러질 듯 도망치다가 담을 넘었더니 커다란 도사견이 송곳니를 드러내고 달려드는 상황으로 악화되기도 한다. 분명 벗어났다 싶어서 안도의 숨을 내쉬는 순간 거짓말처럼 머리 위에서 뱀이 떨어지는 악몽에 시달리는 경우도 있다. 공포는 달아나려는 속도와 비례해서 커지는데도 더욱 빨리 달아나려 애쓰고 손에 잡히는 무엇이든 던져서라도 추격을 뿌리치려 몸부림한다. 공포를 느끼는 순간, 달아나기에 이미 늦었다고 판단하는 순간 무엇을 할 수 있을까. 내게로 달려드는 뱀의 아가리를, 팔을 타고 얼굴 쪽으로 올라오는 지네의 붉은 발들을, 목덜미를 움켜쥐었다가 가슴골로 파고드는 사내의 손을 전신의 통점마다 바늘이 꽂히는 듯 받아들이고 전율

할 때가 공포의 절정이고 체념의 내리막이다. 이미 판단력은 실종된 상태인 채로 무중력을 느낀다. 유체이탈로, 공포에 허둥대는 자신을 물끄러미 내려다보는 자신을 발견하기도 한다.

공작나비는 이미 늦었다고 판단했을 때 날아오르기를 포기한다. 날개의 무늬를 확대해서 상대에게 자신의 공포심을 반사한다. 생존전략이라고 단기에는 나비가 본능으로 느꼈을 절박함이 폐부를 찌른다. 공포가 도구를 환치시키는 힘인 것이다. 사람도 이와 다를 바 없다. 극도로 절박한 상황이라면, 죽음보다 독하게 지속될 공포라면 공작나비가 아닌 이상 손에 잡히는 무엇으로라도 상대를 찌를 것이다. 〈화차火車〉는 그런 영화다. 달려드는 상대가 아닌 주변인을 살해하고 그의 인생을 가로채서라도 살아보려는 여자의 몸부림이다. 영문제목이 Helpless라는 것도 은유적이다.

친구를 죽여 토막 내고 여행용 가방에 넣어 저수지에 던진 여자, 신분을 위장하고 결혼까지 하려다가 자취를 감춘 여자, 또 다른 친구를 찾아 살해하려 접근하는 여자가 주인공이다. 삶은 이토록 절박하다는 말로는 해명되지 않는다. 원작소설에서는 "행복하고 싶었을 뿐"이라는 대사가 헤드라인 역할을 하지만 설득력이 부족하다. 일본식 즉물적 사고라고 거칠게 표현하고 싶다. 욕망의 수원지가 어디인지도 모르면서 달콤하게 들이켜는 어리석음일 뿐이다. 타인의 욕망을 주워 담았는데도 그게 자신이라고 착각한 거다. 부유하는 욕망에 현혹된 부나비가 체내에 두려움이라는 독을 키운 결과다. 그러나 영화는 궤도를 달리한다. 한국적 인신매매와 사채가 등장하고 극단의 공포가 만들어내는 부작용에 초점이 맞춰진다. 사이코패스를 연상시키면서도 관객의 연민을 끌어내는 매력이 충분하다. 누가 범인인지 아는 상황에서 프로파일링 방식으로 화면을 풀어나가니까 미스터리 잔혹극이 아니라 생존에 대한 몸부림을 발굴하는 탐사라고 불러야 한다. 그럼에도 불구하고 여자를 사랑하는 남자의 절규 또한 절묘한 감정이입의 효과를 준다. 화차라는, 죄지은 자들을 불태우며 지옥으로 실어 나르는 수레를 선택하고 올라탄 나비를 보았다. 행복으로 가는 급행이라고 자신을 속이며 견뎠을 공작나비 말이다. 살인자에 대한 분노보다 연민이 진하게 올라오는 도덕적 왜곡을 영화 〈화차〉의 매력이라 부르기로 한다.

신이 존재한다면 나는 지나치기를

존재한다면, 신은 막연하고 고통은 세밀하다. 신은 보이지 않고 악마는 배회한다. 서서히 빨래를 말려주는 햇빛이 신이라면 기계식 건조장치는 현실이다. 흠뻑 적셔버리는 소나기도 신의 뜻인가. 전부를 그리 행한다면 인간은 아바타냐고 묻고 싶다. 허나 비극은 하나의 놀이이며, 신이 구경하는 놀이이며 신은 단지 관객일 뿐, 배우인 인간의 연기에 끼어들지 않는다고 말한 건 철학자 게오르크 루카치다. 그는 신을 인정했다. 허나 나는 인정하지 않는다. 장난처럼 "용서는 신이, 인간은 복수를"이라고 말하곤 한다. 인간에게 용서할 수 있는 힘이 있을까? 복수 또한 그 과정에서 자신도 다치기 십상이니 차라리 잊으라고 말할 때도 있다. 용서보다는 망각이 실용적이다. 자신의 아들을 죽인 자를 용서하겠다고 면회 갔더니 그는 이미 용서받았다며 그윽한 표정으로 앉아있다면 누구인들 경악하지 않겠는가. 그는 여전히 범죄자일 뿐이다. 자신의 안위를 위해 신의 용서를 빙자한 거다. 눈조차 마주치지 못하고 무릎 꿇고 참회의 눈물을 흘려야 정상 아닌가. 이제 됐으니 일어나라고 손을 내미는 게 우리에게 편안한 장면 아니겠는가 말이다. 피해자가 고통에 몸부림치는 동안 신은 슬그머니 범죄자를 용서했을까? 그 또한 자신의 뜻이니 따르라고 하면 따라야 할까? 그들이 믿는다는 신이 용서했다는 증거는 어디 있나. 도대체 누구 맘대로 용서를 받았느니 회개했느니 하나. 신이 있다면, 신을 속이지 마라. 속일 생각을 말라는 거다.

무신론자의 입장에서 삐딱하게 영화 〈밀양〉을 보았다. 유괴범에게 아들을 잃은 전도연의 비탄에 공감한다. 용서할 수 없는 일이다. 출애굽기 21장 16절에도 "사람을 후린 자가 그 사람을 팔았든지 자기 수하에 두었든지 그를 반드시 죽일지니라(Anyone who kidnaps someone is to be put to death, whether the victim has been sold or is still in the kidnapper's possession.)"라는 구절이 나온다. 회개했다고? 죽음을 앞두고 회개해서 천국에 가겠다고? 사형선고가 아니었다면 과연 그렇게 할 범인이 몇이나 될까? 문 여는 소리가 날 때마다 죽음의 공포가 엄습하는 상황을 반복하지 않았다면 겸허해질 수 있었을까? 영화를 보는 내내 의문이 들불처럼 번져 올랐다. 주변을 맴도는 송강호 또한 햇살의 의미로, 신의 조력자로 보기에는 동기가 허약하다. 맘에 드는 여인이어서 호감으로 출발하지 않았는가 말이다. 도중에 포기하지 않았고 마지막 장면까지 함께 했으니 후한 점수는 가능하다. 천국이 있다면 그대들이나 가라. 나는 천국 운운하는 자체가 이미 천국과 멀다는 증명으로 느껴질 뿐이다. 허나 진솔한 참회의 주인공이 있기는 있다. 정신병원에서 퇴원하는 길에 들어간 미장원에서 마주친 살인범의 딸이다. 동네 양아치들에게 폭행당할 때 전도연이 외면하고 지나쳤던 그녀는 죄송하다고 눈물을 보인다. 전도연은 그마저 뿌리치고 나왔지만 나는 이 어린 소녀의 눈물을 참회라고 명명하련다. 밀양이라는 햇살과 송강호의 역할이 중첩되는 것처럼 현실의 신이란 위험을 막아주는 존재라기보다는 위험에 빠졌을 때 고통을 함께 나눠주는 손길 아닐까? 살인범의 딸이 자르다 만 머리를 스스로 마무리하는 전도연처럼 용서의 힘도 망각의 동력도 결국 자신의 내부에서 일으켜야 가능한 결말 아닐까? 신이여, 존재한다면 나는 그냥 지나쳐주기 바란다. 스스로 고통과 증오의 칼날 위에서 용서와 복수를 양손에 쥐고 번민할 테니.

회전하는 봄

사랑이라는 산의 정상엔 평지가 없다. 앞뒤의 경사가 같지도 않다. 힘겹게 오랜 시간을 올랐는데 순식간에 비탈로 굴러떨어지거나 자일(seil)에 목숨 걸고 벼랑을 오른 후에 천천히 산보하는 속도로 내려올 때도 있다. 결국 오르고 내려오는 동안이 사랑의 서사이고 이별의 예고편이다. 정상이라고 환호하는 순간 추락이 시작되고 때로는 정상인지도 모른 채 돌변한 기울기에 경악한다.

사랑은 액체다. 인화성이 강하고 휘발성 또한 가늠할 길 없는 위험물질이다. 이를 보존하려는 욕망에 인간이 개발한 용기라고는 결혼뿐이지만 그 역시 누수가 반복되거나 폭발이 비일비재다. 결혼이 사랑의 완성이 아니고 결말은 더더욱 아닌 까닭이다. 결혼하자 말을 꺼냈을 때 망설인다면 그 사랑은 마지막 장을 남겨두고 있거나 대본을 한꺼번에 몇 장 더 넘긴 연극이다. 그런 대사도 없이 끝났다면 그대들의 대본은 파본이었던 거다.

사랑은 소리다. 녹음기에 가둬둘 수 있어도 파도를 몰아오던 그 바람을 느낄 수 없다. 대나무 이파리가 서로 몸을 부비며 내던 소리를 언제고 재생해서 들을 수 있지만 거닐며 발로 느꼈던 푹신함과 초록이 주는 비릿한 냄새까지 만끽할 수 없는 일이다. 혼자 남아 단지 소리만 들을 수 있을 때 눈물이 동행한다. 탄식이 앞서가며 길을 열고 문을 닫아버린다.

영화는 두 개의 봄이 공존한다. 역으로 할아버지를 마중 나가는 할머니가 거시적 봄의 상징이라면 사랑에 빠졌다가 겨우 헤어난 유지태는 미시적 봄의 은유다. 가는 게 아니라 치매라는 소용돌이에 빠져 맴도는 할머니의 봄 안에서 사랑의 와류에 휩쓸린 유지태의 봄이 타원궤도를 그리는 거다. 해피엔딩이었다면 영화로 만들지도 않았을 테니 연인은 헤어지고 공식처럼 유지태는 회사까지 그만두며 절망하고 이영애는 이미 다른 남자를 마음에 들여놓은 상태다. 화제의 대사 〈라면 먹을래요?〉가 시작이라면 〈자고 갈래요?〉가 절정이다. 좀 더 친해지면 (섹스)하자는 이영애의 말처럼 둘은 동거 비슷한 상태가 되지만 결국 헤어진다. 〈어떻게…… 사랑이 변하니?〉라며 세상의 끝에 선 표정이 된 유지태의 대사 또한 거리의 유행이었다. 사랑이 어떻게 변하냐고? 변하니까 사랑이고 변하는 게 사랑이다.

세상의 사내들이여, 파랑새의 날갯짓으로 오가는 여자 때문에 몸서리치는 청춘들이여 여자가 "한 달만 떨어져 있어 보자"고 한다면 이미 끝난 거다. 완결에 가까운 이별에 대해 여자가 마지막 정리를 하는 시간이고 남자는 심장을 찢으며 기다리다가 버려지는 거다. 헤어지자는 말을 들었다면 이를 악물고라도 시원하게 동의해라. 그래야 상대의 이별을 완성함과 동시에 상대에게 미련과 후회를 선물할 수 있게 된다. 매달린다면 단지 상대가 자신의 판단이 옳았다고 도와주는 결과일 뿐이다. 헤어질 수 없다고 매달리다가 끝났는데도 이영애는 종이에 손을 베이며 문득 유지태를 떠올리고 돌아온다.

사랑의 파괴본능이라고 변호하는 사람이 있다면 그와 눈도 마주치지 않겠다. 배려가 없는 거다. 자기중심적 애정관이다. 무심히 나타나 어찌 지내느냐 물으면 어떻게 대답하라는 말인가. 유지태는 거부하고 이영애는 돌아간다. 선물처럼 할머니께 드리라고 화분을 가져왔지만 돌려주는 눈빛을 읽으며 이영애는 무안한 듯 웃는다. 미안해야 맞을 것 같은데 그렇지 않다. 돌아서다가 다시 와 공연히 유지태의 매무새를 고쳐준다. 키스 한 번으로, 버렸던 유지태를 강릉까지 데리고 갔었던 때처럼 마지막 한 수를 더 놓는 거다. 유지태의 미소로 끝나는 엔딩장면이 돌아온 이영애의 제안에 대한 대답으로 보인다. 한 번 더 확답하는 거다.

이영애는 녹음테이프와 사랑을 동일시했다. 언제든 자신이 버튼을 누르면 재생 가능하다고 생각했는지도 모른다. 그러나 그 테이프를 재생할 수 있는 주인공은 버려진 쪽이다. 추억의 소유권은 버림받은 쪽에 있다. 어느 날인가 둘이 녹음하러 나온 개울가에서 이영애가 허밍으로 불렀던 나나무스꾸리의 노래 "사랑의 기쁨"도 유지태만의 것이다. 그만이 재생하며 미소 지을 수 있는 것이다. 버려진 자에게 그만한 재산은 남겨줘야 마땅하지 않겠나 말이다. 봄날은 가는 게 아니라 우리 주변을 회전한다. 세월이 그렇고 추억이 그와 같고 사랑이 그런 것처럼.

우연한 불행

정의감이 아니다. 폭력에 대한 분노도 아니다. 애틋한 부정 (父情)에 감정이입된 까닭만도 아니다. 사는 일이, 건너가야 하는 외나무다리들이 아득해서 울었다. 법이란 너무 큰 칼이라서 인간의 삶과 같이 복잡 미묘한 과일은 껍질을 벗겨낼 수 없다. 법이란 키 큰 사람에게는 손쉬운 울타리이고 키 작고 힘없는 사람에게는 절망이라 새겨진 장벽이다. 대중이란, 대중의 관심이란 억울한 사람을 압사시키기도 하고 때로는 정의라는 양팔 저울의 균형을 잡아주지만 단지 무게로만 존재한다. 그 무게를 사용할 힘이 누구에게 있느냐가 희비극의 갈림길이다.

형무소 철망에 걸린 노란 풍선으로부터 영화는 시작된다. 자유에의 갈망을 나타낸 은유고 주인공들을 기구에 태워 탈옥시키려다 밧줄이 철망에 걸려 실패하는 후반부의 암시다. 영화 속에서 예승이는 아빠를 구원하기 위해 현현한 천사이면서 관

사랑은 지능을 초월하는 감정이고 능력이다. 미셸 파이퍼의 법정 대사처럼 지능이 사랑의 능력을 저울질하는 척도는 아니다. 문자화되지 않고 언어로는 전부를 표현할 수 없는 감정이 사랑이다. 사랑은 내가 주는 감정이 아니라 상대가 느끼는 안온함이다. 우리는 알면서도 모른다고 도리질 한다. 체험했으면서도 낯설다고 당황한다. 영화의 대본은 성인이 쓴 것이 틀림없으니 문장으로는 아름다우면서 왜 행동으로 실천하지 않는가. 손펜이 딸에게 읽어주던 동화책에도 "우린 어쩜 이렇게 다를까, 근데 서로 똑같이 느낄까?" 하는 명문이 있다. 결국 우린 사랑에 관해서는 8살 무렵에 모든 것을 다 배운 셈이다.

서글픈 착각이 부른 비극들

　필요하다는 눈빛이었는데 사랑이라고 엔도르핀을 증가시켰다면 그대의 착각이다. need를 love로 받아들였다는 말이다. 둘 다 명사이면서 타동사다. 목적어를 두어야만 행위가 성립되는 어휘이고 그 목적어의 위치에 기꺼이 그대를 넣은 거다. 동일한 목적어를 가졌어도 문장의 뜻은 달라진다. 당분간이란 의미였는데 영원하리라 믿고 행동했다면 그대는 순진한 거다. 파국의 무대에서 상대에게 영원한 관계 아니었느냐고 울부짖어봐야 때는 늦은 거다. 서글프게도 사랑한다는 말을 들었을 때 지금 이 순간만이냐 영원하냐 되물어야 할지도 모른다. 착각이라는 단어 하나로 덮어질 비극이 아니지만 착각처럼 돌이킬 수 없는 갈림길도 없다.

　한국형 느와르를 보았다. 한국형이라 규정한 것은 비정한 살인의 와중에도 물기가 있는 까닭이다. 레인코트와 권총, 사랑과 음모, 조직과 개인이라는 표면이 서로를 반사하며 돌아가는 미러볼처럼 스크린은 현란하고 정적이며 음울하다. 보스의 여자를 사랑한 남자라고 단언하기에는 아쉬움이 남는다. 이병헌은 그녀를 사랑했다 생각하겠지만 그는 첼로 연주자 신민아에게 '감염'된 것이다. 자신이 속한 암흑의 세계와는 정반대로 양지에 피어난 꽃으로 보였어도 그녀 역시 암흑가 보스의 정부이면서 젊은 애인을 따로 둔 팜프파탈일 뿐이다. 꽃이었다면 사랑이겠으나 그녀는 꽃처럼 보이는 버섯이었으므로 감염된 거다. 애인과 헤어지고 아무 일 없던 것처럼 돌아가면 보스에게 보고하지 않겠다는 이병헌의 제안에 그렇게 간단히 지워질 수 있느냐고 눈물 흘리는 그녀는 자신은 꽃이라고 슬픈 표정을 짓는 버섯이다. 암흑가 보스에게 경제적 지원을 받으며 따로 젊은 애인과 나누는 육체와 정신이 과연 지고지순한 사랑인가 말이다. 사랑이라는 측면에서는 공감하면서도 선뜻 동의할 수 없었다. 그녀는 아무런 행동도 하지 않았다. 두 남자가 스스로 심박수를 올려 폭발한 것이다. 보스는 조직의 자존심이 아닌 개인적 자존심과 질투 때문에 파멸했다. 이병헌은 그녀에게 함몰된 것뿐이다. 순진한 친구다. 단지 충실한 부하가 필요했는데 보스가 자신을 믿는다고 착각했고 영원하리라 의심하지 않았다. 이 부분은 일반 회사의 조직 논리와 다를 바 없다. 근무하는 동안, 열심히 일하는 동안만 회사는 직원을 필요로 하는 거다. 회사의 비전을 자신의 비전이라 착각하게 만든다. 조직의 비정함 또한 담당자에겐 평범한 업무이다. 악은 도처에 산재해 있고 우리도 자각하지 못한 채 그중 일부를 행한다. 참극의 원인인 신민아는 소용돌이의 바깥에 있었으므로 젊은 애인과의 사랑을 이어갈 테지만 나머지는 다 죽고 끝난다. "무릇 움직이는 것은 나뭇가지도 아니고 바람도 아니며 네 마음뿐이다"라는 첫 장면의 내레이션과 "그 꿈은 이루어질 수 없기 때문입니다"라는 엔딩의 절망적 한 마디가 영화의 수미쌍관(首尾雙關) 프레임이다. 엔딩화면은 이병헌의 섀도복싱(shadow boxing)이다. 이룰 수 없는 꿈이라는 대상과의 한 판을 떠올리게 만든다. 창에 비친 자신과 펀치를 주고받는 것은 결국 욕망의 진앙을 향한 원투 스트레이트다. 평생을 휘둘러도 상대를 쓰러트릴 수 없는 헛손질일 뿐이다. 남녀의 사랑도 조직의 신뢰도 결국 착각인가 되묻게 된다. 내 사랑이 지극했으므로 참혹한 결말이라도 마지막 눈물을 행복하게 흘릴 수 있었는지 쓰러진 이병헌에게 묻고 싶다. 끝까지 폼나게 간다는 포스터 카피가 눈에 거슬린다. 이병헌의 행위는 폼이 아니다. 초식동물의 눈빛으로 시작해서 잠시 맹수의 그것으로 일렁이지만 그는 시종일관 담담했다. 그 눈빛은 분노나 느와르공식의 폼이 아니라 자신의 원칙이 무너지고 세상의 끝으로 몰린 자가 가지는 사랑의 부재 증명이다. 세상은 달지만도 않고 쓴 것도 아니고 달콤 씁쓰레(bittersweet)한 무엇이다.

고장 난 달

보안등이 골목을 내려다보기 시작하는 초저녁이다. 머나먼 달의 효용은 없다. 도시의 불빛은 하늘로 치솟아 반사되면서 비처럼 후미진 골목까지 빛을 뿌린다. 달은 광원(光源)이라는 밤의 독점권을 빼앗겼다. 회상의 통로이며 그리움의 상징물로 전업했다.

거리와 감정 간에는 함수관계가 성립하지 않는다. 가까운 보안등이 더 잘 들릴 텐데도 아마득한 달에게 소원을 빌고 감정을 전한다. 겨울 보안등은 함박눈의 난무를 확연하게 보여주면서 세상에 지고 돌아오는 사내의 어깨를 두드린다. 두드릴 뿐이라서 치유는 본인 몫이다. 마중 나오는 부모의 팔자주름을 선명하게 각인시키며 시간이 많지 않다고 자상한 척 윽박지른다. 달도 다를 바 없다. 듣기만 한다. 한 번도 성사시킨 적 없는 소원들이 쌓이고 쌓여 뽀얀 얼굴이 됐다. 원한이 축적됐다면 안색이 맑지 않았을 것이다.

거리와 감정의 함수관계를 걸음마다 번복하며 낙산공원 골목을 지난다. 있는 것 같고 없는 것 같다. 없다는 쪽으로 마음이 기운다. 답을 모르겠으니 달에 스위치나 달고 싶다. 어두우면 켜고 환하면 꺼버리는 보안등처럼 달도 심란할 때 켜놓고 속사정을 고백하면 홀가분하겠다. 달 보기 미안한 죄라도 지은 날에는 켜지 않으면 그만이다. 타이머까지 설치하면 예약이 가능해진다. 당신과 나란히 앉아 사랑한다고 고백하는 거다. 내 사랑이 진심이라면 하늘에 달이 나타날 거라고 장담하는 순간 켜지는 거다. 외사랑에 가슴이 저린 사람이 듣는다면 반색할 아이디어다. 이런 잡념으로 골목을 걷는다. 달구경 가서 골목만 뒤진다. 곰곰 생각하니 달에도 스위치가 있다. 한 달에 한 번 꺼진다. 나 같은 생각을 하는 사람이 많아 서로가 누르니까 회로가 엉킨 거다. 결국 한 달에 한 번 꺼지고 나머지는 어정쩡한 상태가 됐다.

할머니가 달 쪽으로 걸어가신다. 평생 빌었어도 성사시킨 게 없으니 꺼버리려는 것일까. 멀리 사는 자식보다 가까운 이웃을 의지 삼게 되더라는 속내일까. 달 쪽으로 골목을 걸어가시는 할머니 등을 본다. 이제 나도 자식들이 달아놓은 스위치가 보이는 나이가 됐다. 한 번 켜지면 영원히 꺼지지 않는 스위치다. 자식들은 고장 났다 투덜거리고 부모는 켜놓은 채 살아내느라 진력한다. 갑자기 등이 가렵다.

8월에도 차가운 바다

해협의 물발이 세다. 물도 당혹스럽고 지치겠다. 원한 방향이 아니었을지 모르는데, 무리 지어 흘러들었을 뿐인데 엎어지며 무릎 깨지고 뒤엉겨 휩쓸리다가 팔이 부러지고 벗어나려 몸부림치다가 손톱이 뒤집혔을 것이다. 같은 줄기를 타고 바다까지 왔다면 친족일 텐데 되돌리지 못할 이산(離散)이다.

고정된 시선 앞으로 물이 지난다. 물이 돌며 되돌아온다. 빙빙 도는 무늬들, 미열처럼 올라오는 현기증, 비린내보다 진한 슬픔들, 안으로 파고드는 울음소리들이 교각을 붙잡아보려 한다. 여기서 헤어지면 끝장이라고 캄캄하게 절규한다.

진도대교 아래서 휘말리는 바다를 본다. 교각보다 끄떡없는 현실을 본다. 희망이 있다면 건너편 불빛이다. 빠진 식구 없이 상에 둘러앉은 가족이 거기 있겠다만 합석하고 싶거든 울돌목을 헤엄쳐 건너라는 뜻으로만 보인다. 안락한 대교는 너 따위에게 허락되지 않는다는 비아냥거림으로만 보인다. 불빛이 해무에 가물거리다가 선명했다가 어룽거린다. 바보처럼 코끝으로 찡한 기운이 스친다. 한숨만 거듭하는 동안 몸까지 눅눅해진다. 이유도 없이 가족을 잃은 슬픔이 가장 무거운데, 진실도 모르는 채 이승과 저승으로 갈라선 이들의 아픔이 가장 무거운데 왜, 왜 슬픔은 가라앉지 않는가. 거친 물발 위에서도 선명하게 흐느끼는가. 8월인데도 바다는 왜 차갑게만 느껴지는가.

눈물 속에 핀 꽃, 배려

　결국은 세월호 가족이 스스로 가슴에 못질하며 끝냈다. 그 가슴에 아직도 못이 들어갈 자리가 남았는지 모르겠다. 선체 수색이 중단된 것이다. 실종자 10명이 남은 상황에서 중단을 거론하던 참에 단원고 황지현 양이 뭍으로 돌아왔다. 어머니가 하루도 거르지 않고 차리는 밥상을 받으러 생일날에 맞춘 모양이다. 행인은 운명의 장난이라 하겠고 세월호에 마음 쓰던 사람들은 부모 정성이 하늘을 움직였다 할 일이고 어서 덮었으면 싶은 축들은 우연이라고 돌아섰을 것이다. 왕배덕배 하던 논의는 거품이 되고 수색은 지속되는 쪽으로 방향을 잡았는데 날은 차고 더는 희망도 보이지 않고 사방에서 언제 그만두나 눈치를 주는 것도 같았을 세월호 가족들은 수색중단을 선언하고 말았다. 이들의 심정이 어떨지는 필설로 표현할 길 없다. 혹시나 하는 마음 하나로 여태 버텼을 사람들이다. 얼굴을 구분하지 못할지라도 의사가 당신 가족이라 지목해주면 부둥켜안고 울기라도 해보고 묻어야 한이 덜 할 심정을 어떻게 눌렀을까. 애쓴 사람들, 목숨을 잃은 잠수사들에게 죄송스런 마음은 또 오죽했을까. 죄인은 따로 있는데 이들이 죄인처럼 조아리고 피해자임을 당당히 나타내지 못하는 형국이다.

이제 후련한 사람들 있겠다만 당신들은 사람 아니다. 다 정리됐으니 일상으로 돌아가자고 떠드는 이 있다면 그는 지옥에서 일상을 보내게 될 것이다. 세월호 가족 말고 이 참사에 최선을 다했다고 자신하는 자가 있다면 나와라. 정치인은 거짓 없었고 정부관료는 진심으로 세월호 상처를 치유하기 위해 진력했는가 자문해야 한다. 시민사회 일부는 아파했고 관심 있게 지켜봤고 성금도 냈고 서명도 했으니 구성원으로서의 책무는 해낸 셈이다. 공연한 자책에 빠질 일 아니다. 반성하자며 공동책임으로 몰아가는 것도 기만에 가깝다. 적어도 우리는 침몰에 대한 잘못 없다. 공감의 크기와 연대의 지속시간은 아쉬울지 몰라도 우리에게 잘못을 묻는 건 뻔뻔해도 짐승만큼 뻔뻔한 일이다.

종일 업무도 작파하고 세월호 산문집 교정지를 읽었다. 이제 조만간 세상에 나올 책이다. 여러 번 담배 피우러 들랑거렸다. 내가 썼나 싶게 잔인하고 내가 썼으니 잔혹한 구절이 많다. 다 지켜본 귀신이 불러주지 않고서야, 억울한 영혼들이 내게 들리지 않고서야 이럴 수 있을까 싶게 다시 읽어도 울대가 막히고 속이 터진다. 문장 솜씨 자랑하겠다는 팔푼이 짓이 아니다. 절경은 아무나 카메라를 들이대도 어지간한 작품인 것처럼 한글만 아는 사람이라면 어느 누가 기록했어도 눈물 없이는 읽을수 없는 사연들인 까닭이다. 인세를 기부할 생각이다. 몇 푼이나 될까 모르겠지만 그렇게라도 보태고 싶고 그나마 해낼 재주라고는 그것뿐이라 송구스럽다. 수색은 끝났어도 비극은 또 다른 시작이다. 법정싸움이 지루하게 반복될 테고 선체인양 문제로 갑론을박이 닭싸움처럼 푸닥거리를 지속할 것이다. 이제 마무리하자고 들이대지 마라. 또 다른 시작이다. 수색중단성명을 발표하던 세월호 가족들의 눈물을 기억하겠다. 포기가 아닌 배려임을 잊지 않겠다. 아홉이 남았다. 믿어야 하겠지만 현재까지 밝혀진 기준으로는 그렇다.

산타에게 보내는 편지

선물 말고 아무도 미워하지 않을 심장 하나 달라고 한 적 있습니다. 모두에게 사랑받는 사람보다는 모두를 사랑하는 사람이 되고 싶습니다. 무시로 웃자라는 증오 때문에 통증만 무성합니다. 정당한 증오란 확신이 들 때마다 복수심이 칼춤을 추곤 합니다. 선혈은 나만의 것, 쓰라림도 탄식도 내부의 소용돌이로 잦아들곤 합니다.

우는 아이에겐 선물을 주지 않으신다는 캐롤은 부모들 생각일 뿐입니다. 나쁜 아이도 좋은 아이도 없이 아이는 그저 아이인 까닭에 어르신의 마차가 지나치는 굴뚝은 없을 겁니다. 아이들에겐 공평하셔야겠습니다만 어른들은 반대이길 바랍니다. 특히나 올해는 많이 울었던 어른들에게 선물을 주시면 고맙겠습니다. 아직도 울어야 할 날이 많은 어른들에게 가장 귀한 선물을 주시라고 기원합니다.

일상에 치이고 살았으니 봄날의 나른함이면 됩니다. 칼날 위를 맨발로 디디는 형국이니 구름 위에 누운 듯 포근하면 좋겠습니다. 빠진 식구 없이 전부가 모였으니 아무도 그립지 않은 저녁이 될 겁니다. 어느 누구도 애통하지 않은 하룻밤이면 좋겠습니다. 오로지 자신만을 생각하는 꿀잠 한 번이면 됩니다. 더도 말고 하룻밤을 선물로 주셨으면 합니다.

자식을 바다에 묻은 부모가 통곡하고 있습니다. 해고당한 직장으로 돌아가려다가 목숨까지 해고당한 노동자가 많습니다. 뒷정리를 부탁하며 자신에게 부조금을 내고 세상을 등지는 죽음들이 이어지고 있습니다. 까마득한 굴뚝 위에서 엄동을 견디는 사람들이 아직도 내려오지 못합니다. 울지 않고는 버틸 수 없는 땅입니다. 행여 지옥이라 지나치지 마시고 살펴주셨으면 합니다. 덩치들의 발아래 신음하는, 확성기 소리에 묻혀버린, 마천루의 그늘에 가려 보이지 않는 사람들이 이 땅의 주인입니다. 하수도보다 더 아래로 흘러다니는 얼굴들입니다. 울지 않을 수 없고, 울음이 심장을 가졌다는 증명이니 이번 성탄절에는 우는 어른에게 선물을 주셨으면 합니다. 울어야 할 나날들이 채권자처럼 늘어선 어른들에게 안온한 하룻밤이라도 부탁드립니다.

배만 부르고

실컷 먹고 나니 장어비린내가 역겹다. 사실은 비용도 줄일 겸 소시지를 사 가서 구운 탓이다. 장어와 야채 말고는 지참할 수 있는 곳이다. 어쨌든 장어에 햇반에 총각김치로 푸짐하게 먹었다. 아이들이 소시지를 좋아해서 그나마 다행이다. 한창때 인 녀석 둘이 장어로만 먹어대면 만만찮다.

바깥바람이 상쾌하다. 배불리 먹고 나와 뛰어다니는 아이들, 놀이기구에 앉아 연신 아빠를 부르는 꼬맹이들 웃음소리가 반짝이는 성탄 트리 전구보다 환하다. 커피까지 마시고 가자고 뒷마당 카페로 가다가 걸음을 멈췄다. 대낮 같은 실내에 환기 통이 열 맞춰 늘어섰다. 모여 앉은 사람들의 왁자함이 연기와 섞여 어룽거린다. 사연도 많을 테고 나처럼 큰맘 먹고 온 식구 들, 수시로 맛집을 순례하는 사람들이 섞여 있을 것이다. 병치 레 잦은 친정어머니를 모시고 온 딸도 있겠다.

세상은 저래야 한다. 각양각색이란 말은 잠재적 하한선 위의 다채로움이어야 한다. 십인십색이란 뜻도 지갑의 두께나 여가의 폭이 심하지 않은 상태에서 번지는 색채들이다. 왕배덕배 죽자고 달려드는 편견이 아니라 술자리의 농담 수준이어야 마무리가 흥겹다. 잘 먹고 나와서 어려운 이웃과 길바닥에 엎드린 노동자를 생각한다는 가증스러움이 아니다. 편차가 심한 나라에선 저녁 한 끼니 푸짐하게 먹기 미안하다는 성자 코스프레도 아니다. 넉넉한 장면 앞에서 온전하게 편안해지고 싶을 뿐이다. 잘못도 없이 왜 불편함을 지병으로 달고 살아야하는지 억울하다. 세금 꼬박꼬박 뜯기고도 간접세에 멍드는데 왜 들리는 소식마다 속이 터지게 만드느냔 말이다. 이건 아니다. 미친 세상이다. 구분이 명확하다는 것은, 계층의 경계가 선명하다는 것은 종말이 가깝다는 암시다. 구분선은 언제나 균열로 발전하고 균열은 붕괴의 전조이기 때문이다. 전경들 다리 사이에 오체투지로 오열하는 기륭전자 노동자들과 쌍용차 굴뚝에 올라간 두 사람만 보더라도 자본가들 당신들은 당연히, 필히 망한다.

송년(送年)보다 송인(送人)

　사소한 오류들이 꽃만큼 만발하고 폭우와 견주는 한해였습니다. 낙엽보다 수북한 비열함들 사이를 배회하다가 함박눈을 맞았습니다. 이제 오늘이 마지막 날입니다. 내일은 내일일 뿐인데 나는 괜한 연기(緣起)들을 찾아내려 애씁니다. 차라리 핑계라 칭하는 편이 옳지만 먼 인연이 돌고 돌아 또다시 내게 소용돌이를 부추기는 거라고 언구럭을 부려봅니다. 이만이나 살아보니 별것 없다는 걸 알면서도 무언가가 또 있겠다는 여운을 버리지 못합니다. 세상에 대한 기대보다는 나를 신뢰하지 못하는 까닭입니다. 시틋한 일입니다.

　나를 응원해주리라 믿었던 사람들의 무관심에 서운함이 진해져도 내 소심함이라 탓하기는 싫습니다. 기쁜 일과 슬픈 일이 뒤섞여 세상은 온통 회색입니다. 기쁨은 나의 것이고 슬픔은 타인들의 하중이었던 올해인데 나는 왜 박애주의자도 아니면서 물들었는지 모르겠습니다. 어처구니없는 죽음들 앞에 오래 힘들었고 아직 끝나지도 않았습니다. 아물어간다는 것은 치유가 아니라 지울 수 없는 흉터가 자리 잡는다는 뜻입니다. 내상은 또 어디에 잠복했다가 울분이나 오열로 발현될지 모릅니다. 화약을 쟁이고 있는 폭탄들이거나 무언가에 닿기만 해도 터져버릴 물풍선만 세모의 거리를 흘러갑니다. 다채로운 지옥의 만물상입니다.

타인들을 향해 담담하다는 부채를 펼쳤지만 내게 보이는 뒷면에는 덤덤하다고 썼습니다. 또 다른 참혹과 경악과 비린내가 창궐할 겁니다. 소소한 기쁨들조차 온전히 만끽할 수 없는 세상일 겁니다. 칭찬과 비난으로부터 한 걸음 떨어져야 감정의 진폭을 줄일 수 있는데도 예년처럼 그 너울 파도에 휩쓸려 희비를 양손에 쥐고 어쩔 줄 몰라 합니다. 은둔이 맞는다 싶으면서 무리의 중심에 대한 욕심의 반작용은 아닌지 되짚어봅니다. 변방의 무명이란 느낌과 나를 소외시킨 그들의 삿된 행위일 뿐이라는 변명 사이에서 해답도 찾지 못했습니다. 해가 바뀐다고 명민해질 일도 아니기에 번민은 반복될 겁니다. 이렇게 한 해가 가고 한 해가 옵니다. 내일은 내일일 뿐입니다. 잠시 싸락눈이 들렀다 가는 아침입니다. 시간이 간다는 말은 사람을 보냈다는 증명입니다. 어느 누구도 오라 하지 않고 다만 기다릴 뿐인 내게는 그렇습니다.

개들의 하루

이토록 완벽한 을의 세계가 있다. 친근함으로 서로 욕을 해대던 사춘기 이후로 개새끼라는 말을 가장 많이 얻어먹은 하루였다. 그토록 완벽한 개새끼가 있더라. 꺼내는 말 자체가 욕이고 안하무인 막무가내로 삿대질이다. 시끄럽다니 미안한 건 맞다만 어쩔 것이냐. 남의 집 옆에서 붕붕거려도 되는 거냐고 눈을 부라리니 비루먹은 개 마냥 고개를 돌릴 수밖에 없었다. 환경법대로 공사하기란 하늘에 개밥그릇을 띄우는 일보다도 어렵고 도로점용도 되지 않는 구간이라서 불법이 아닌 관행으로 신속하게 끝내는 것 말고는 방법이 없다. 이토록 개 같은 경우가 있다. 문산에서 온 작업자들은 강남이라 까다롭단다. 강남 사람들이라 역시 대단하단다. 이토록 개만도 못한 인식이 횡행한다. 결국 건물은 올라가고 준공될 것이다. 민원 때문에 영구히 중단된 현장은 내가 알기로는 없다.

일주일을 아침부터 저녁까지 바깥에 서 있었다. 첫날 오전엔 비 맞고 오후엔 눈 맞았다. 몸살이 나도 벌써 났어야 정상인데 버텨내야 할 상황이고 책임자니까 버텼다. 개 같은 하늘이다. 몇몇 극렬분자 말고 대부분 주민들은 지나친다. 다세대 짓느냐고 묻고는 그만이다. 사실 나도 당혹감에 빠진 상태다. 천 억짜리 건물을 짓다가 십오 억짜리 다세대 주택을 지으려니, 그나마 이제 건축과 졸업을 앞둔 친구 둘을 데리고 우왕좌왕하려니 만사를 다 챙겨야 한다. 강아지 둘 데리고 멧돼지 사냥에 나서는 꼴이다. 건물 규모 작다고 우습게 보면 바보 된다. 아무리 몸집이 작은 사람도 달릴 건 다 달렸으니 말이다.

이토록 완벽한 을의 세계에서 새롭게 시작한다. 고용됐다는 자체가 을이라는 증명이지만 새삼 을임을, 완벽한 을의 늪에 빠져 허우적거려려야 함을 인정한다. 가설사무실은 고사하고 당분간은 엉덩이 걸칠 곳조차 없다. 어떤 사내가 봉고차에서 내려 눈에 힘을 주고 다가올 때 움찔했다. 저건 또 서초구청 어느 부서에서 나온 공무원인가 싶어 과태료라는 단어와 공사중단이라는 도끼가 머릿속에서 춤을 췄다. 얼핏 아메리칸 불독(bulldog)처럼 보이기도 했다. 누구 만나러 왔단다. 빌어먹을, 빚쟁이와 마주친 파산자처럼 마음이 옥죄고 죽을 맛인데 왜 눈에 힘을 주냔 말이다. 그래도 공사는 진행한다. 이번 주말은 이틀 다 반납하고 나와야 한다. 주말에 왕왕거리다가 또 그 완벽한 개새끼를 만날 것 같아 마음이 출렁거린다. 욱하는 성격에

받아버리면 대형사고라서 나는 내가 걱정스럽다. 그래도 새벽
에 출근하고 공사는 진행한다. 나는…… 가장이다.

만두와 노동자

만두가 익는 동안 전단지 한 장을 펼쳐놓고 읽는다. 아니 느끼다고 해야 옳다. 굴뚝사진이 나머지 문장들의 내용을 상징하고 있기 때문이다. 먹튀자본, 기획청산, 사기폐업 등등 익숙한 어휘들이 곳곳에 창검으로 박혀있다. 전단지 한 장에 눈물이 흥건하고 분노가 일렁이며 피가 맺혔다. 이들이 무슨 죄란 말인가. 더구나 생산라인의 노동자란 최악의 불량률 아니면 회사 형편에 대한 책임이 있을 수 없다. 볼펜 굴리는 자들의 문제이고 경영층의 방향설정이 틀렸을 뿐이다. 죄는 누가 지었는데 누구더러 나가라 하는가. 푼돈 몇 푼 쥐여주고 탈탈 털어버리면 거리의 노동자는 또 어느 공장을 기웃거리며 식솔들의 얼굴을 떠올리란 말인가. 해고는 살인이라고 강변하면 빨갱이새끼라는 핀잔이 되돌아오는 세상이다. 노동자의 권익 운운하면 그리 잘났냐고, 오지랖 넓다고 눈을 감춘다. 이러지 말아야 한다. 나도 당신도 노동자다. 고용된 자 모두 노동자이며 사용자의 결정에 따라 백수로 내몰린다. 지금 안온한 직장이라고 믿었다간 참혹이 무엇인지 절감하게 된다. 대책도 없으면서 이따위 선동글이나 쓰는 내가 한심스럽지만 누군가는 이 글을 읽고 자신의 생각을 환기시킬 거라고 믿기 때문이다. 종교만 선교가 있는 게 아니다. 진보 운운하지 말고 옳은 일, 정당한 일에 대해 주변 사람 하나라도 인식을 바꿔보겠다는 노력이 절실하다. 알려주겠다는 성의가 상대의 경계심을 누그러트린다. 풀뿌리 운동처럼 내가 한 사람을, 당신이 또 한 사람을 각성의 길로 안내한다면 세상은 변한다. 시간이 걸릴 뿐이지 세상은 분명 변한다.

뒷면에 후원계좌도 있고 재정사업을 위한 상품도 있다. 김을 사기로 했다. 〈금속노조 구미지부 스타케미칼지회 해고자복직 투쟁위원회〉를 응원하는 마음으로 김이라도 사기로 했다. 막내 시켜서 주문해야겠다. 자연스레 노동현장의 현실을 읽어볼 것이다. 남에게 고용된다는 것이 어떤 상황을 내포하는지 희미하게나마 알게 될 일이다. 단순한 알바를 나가면서도 고용인과 피고용인의 역학에 대해 생각해볼 계기가 될 거라고 믿는다. 만두가 다 익었다. 찹쌀 섞은 만두피를 써서 그런지 하나도 터지지 않고 탱글탱글하다. 우리 삶도 이랬으면 좋겠다. 허약해 보여도 내용물을 쏟아내며 허물어지지는 않는 만두와 같기를 희망한다. 속이 훤히 보이지만 결단코 굴복하지 않기를 만두와 내가 다짐한다. 부질없다고 생각하지 않는다. 나는 내 방식으로, 내 형편에 맞춰, 내 자리에서 주먹에 힘을 쥔다. 내가 자본가를 바꿀 수 없겠지만 자본가 또한 절대로 나를 바꿀 수 없다.

처음부터 제자리

늙어 잠 없는 바람만 수면을 서성거린다. 생의 흔적이란 하잘것없는 일임을 아는지 잔무늬만 어룽거린다. 살아내며 가벼워짐을 터득했다는 증명인지 파랑을 일으키지 않고 수면을 디딘다. 무시로 강을 오가는 바람과 달리 나는 새벽에 남으로 건넜다가 늦은 저녁에나 건너온다. 건너간다는 작정은 떠남을 희석한 셈이다. 건너온다는 감정은 귀환이면서 변화에 대한 두려움을 감춘 변명이다.

다가서 물러나지 않던 먹장구름 때문에 하늘이 가까운 줄 알았다. 맴도는 동안 감정이 섞이었으려니 착각했다. 거리만 줄었을 뿐 구름은 구름의 정처를 지켰던 거였다. 여태 몰랐냐는 듯 훌쩍 물러난, 처음부터 제자리인 하늘이 구름 사이로 표정 없는 안색이다. 모이고 흩어져도 하늘을 떠나지는 않는 구름과 같이 감정이란 산만하고 집중되는 자체가 제자리였던 거다. 차가운 기운이 잠 모자라는 몸을 흔든다. 질주하는 굉음들이 귓불을 잡아당긴다. 순시선은 이물로 근육을 모은 채 새벽 강을 가른다. 다리를 건너다 말고 우두커니, 시간이 새기고 가는 무늬들을 연결해본다.

전영관 산문집

좋은 말

ⓒ 전영관 2018

초판 발행 2018년 4월 30일

지은이	전영관
그림	정용남
펴낸곳	청색종이
펴낸이	김태형
등록	2015년 4월 23일 제374-2015-000043호
주소	서울시 영등포구 문래동2가 14-15
전화	02-2636-5811
팩스	02-2636-5812
이메일	theotherk@gmail.com

ISBN 979-11-89176-00-6

이 도서의 국립중앙도서관 출판예정도서목록(CIP)은 서지정보유통지원시스템 홈페이지 (http://seoji.nl.go.kr)와 국가자료공동목록시스템(http://www.nl.go.kr/kolisnet)에서 이용하실 수 있습니다.(CIP제어번호: CIP2018011549)

값 13,000원